丛书策划＼李世跃
丛书统筹＼陶　玮

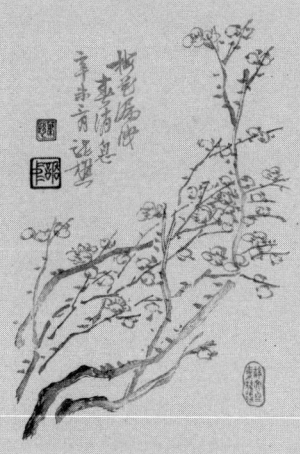

明清小品文系列

陶庵梦忆·影梅庵忆语

【明】张岱 【清】冒襄／著

徐建华 李楠／校注

文化艺术出版社

图书在版编目（CIP）数据

陶庵梦忆/（明）张岱著；徐建华校注．影梅庵忆
语/（清）冒襄著；李楠校注．—北京：文化艺术出
版社，2015.8
（明清小品文系列）
ISBN 978-7-5039-6013-0

Ⅰ.①陶… ②影… Ⅱ.①张… ②冒… ③徐… ④李…
Ⅲ.①笔记—中国—明代②古典散文—作品集—中国—
清代 Ⅳ.①K248.066②I264.9

中国版本图书馆CIP数据核字（2015）第171055号

陶庵梦忆·影梅庵忆语
（明清小品文系列）

著　　者	（明）张　岱　（清）冒　襄	
校　　注	徐建华　李　楠	
责任编辑	毛　忠	
装帧设计	顾　紫	
出版发行	文化艺术出版社	
地　　址	北京市东城区东四八条52号　（100700）	
网　　址	www.whyscbs.com	
电子邮箱	whysbooks@263.net	
电　　话	（010）84057666（总编室）84057667（办公室）	
	（010）84057691—84057699（发行部）	
传　　真	（010）84057660（总编室）84057670（办公室）	
	（010）84057690（发行部）	
经　　销	全国新华书店	
印　　刷	国英印务有限公司	
版　　次	2015年8月第1版	
印　　次	2015年8月第1次印刷	
印　　张	6.625	
字　　数	130千字	
开　　本	790毫米×960毫米　1/32	
书　　号	ISBN 978-7-5039-6013-0	
定　　价	25.00元	

版权所有，侵权必究。如有印装错误，随时调换。

目 录

陶庵梦忆 | 1

陶庵梦忆序 | 3
自序 | 7
自为墓志铭 | 9

卷一
钟山 | 12
报恩塔 | 14
天台牡丹 | 15
金乳生草花 | 15
日月湖 | 17
金山夜戏 | 18
筠芝亭 | 19
砎园 | 20
葑门荷宕 | 21
越俗扫墓 | 22

奔云石 | 23
木犹龙 | 25
天砚 | 26
吴中绝技 | 27
濮仲谦雕刻 | 28

卷二
孔庙桧 | 29
孔林 | 31
燕子矶 | 32
鲁藩烟火 | 33
朱云崃女戏 | 34
绍兴琴派 | 36
花石纲遗石 | 37
焦山 | 38
表胜庵 | 39
梅花书屋 | 41

不二斋 | 42
砂罐锡注 | 43
沈梅冈 | 43
岣嵝山房 | 45
三世藏书 | 46

卷三
丝社 | 48
南镇祈梦 | 49
禊泉 | 50
兰雪茶 | 52
白洋潮 | 53
阳和泉 | 54
闵老子茶 | 56
龙喷池 | 57
朱文懿家桂 | 58
逍遥楼 | 59

天镜园	60	
包涵所	61	
斗鸡社	62	
栖霞	63	
湖心亭看雪	64	
陈章侯	65	

方物	80
祁止祥癖	81
泰安州客店	82

| 扬州瘦马 | 101 |

卷六

彭天锡串戏	104
目莲戏	105
甘文台炉	106
绍兴灯景	107
韵山	108
天童寺僧	109
水浒牌	111
烟雨楼	112
朱氏收藏	113
仲叔古董	114
噱社	115
鲁府松棚	116
一尺雪	117
菊海	117
曹山	118
齐景公墓花樽	119

卷四

不系园	67
秦淮河房	68
兖州阅武	69
牛首山打猎	70
杨神庙台阁	71
雪精	72
严助庙	72
乳酪	74
二十四桥风月	75
世美堂灯	76
宁了	78
张氏声伎	79

卷五

范长白	84
于园	85
诸工	86
姚简叔画	87
炉峰月	88
湘湖	89
柳敬亭说书	90
樊江陈氏橘	92
治沅堂	93
虎丘中秋夜	94
麋公	95
扬州清明	96
金山竞渡	98
刘晖吉女戏	99
朱楚生	100

卷七

西湖香市	121
鹿苑寺方柿	122
西湖七月半	123
及时雨	125
山艇子	126
悬杪亭	127
雷殿	128
龙山雪	129
庞公池	130
品山堂鱼宕	130
松化石	131
闰中秋	132
愚公谷	133
定海水操	134
阿育王寺舍利	135
过剑门	137
冰山记	138

卷八

龙山放灯	139
王月生	140
张东谷好酒	141
楼船	142
阮圆海戏	143
花阁	144
范与兰	145
蟹会	146
露兄	147
闰元宵	148
合采牌	150
瑞草溪亭	151
琅嬛福地	153

附录：补遗四篇

鲁王	155
苏州白兔	156
草妖	157
祁世培	158

伍跋	160
重刊陶庵梦忆跋	162

影梅庵忆语 | 165

陶庵梦忆

【明】张岱／著

徐建华／校注

陶庵梦忆序

周作人

平伯将重刊《陶庵梦忆》，叫我写一篇序，因为我从前是越人。光绪二十三年一八九七年，祖父因事系杭州府狱，我跟着宋姨太太住在花牌楼，每隔两三天去看他一回，就在那里初次见到《梦忆》，是《砚云甲编》本，其中还有《长物志》及《槎上老舌》，也是我那时所喜欢的书。张宗子的著作似乎很多，但《梦忆》以外，我只见过《於越三不朽图赞》，《琅嬛文集》，《西湖梦寻》三种，他所选的《一卷冰雪文》，曾在大路的旧书店中见过，因索价太昂未曾买得。我觉得《梦忆》最好，虽然文集里也有些好文章，如《梦忆》的纪泰山，几乎就是《岱志》的节本，其写人物的几篇，也与《五异人传》有许多相像。《三不朽》是他的遗民气的具体的表现，有些画像如姚长子等未免有点可疑，但别的大人物恐怕多有所本，我看王谑庵像觉得这是不可捏造的，因为它很有点儿个性。

《梦忆》大抵都是很有趣味的。对于"现在"，大家总有点不满足，而且此身在情景之中，总是有点迷惘似的，没有玩味的馀暇。所以人多有逃现世之倾向，觉得只有梦想或是回忆是最甜美的世界。讲乌托邦的是在做着满愿的昼梦，老年人记起少时的生活也觉得愉快，不，即是昨夜的事情也要比今日有趣：这并不一定由于什么保守，实在是因为这些过去才经得起我们慢慢地抚摩赏玩，就是要加减一两笔也不要紧。遗民的感叹也即属于此类，不过它还要深切些，与白发官人说天宝遗事还有点不同，或者好比是寡妇的追怀罢。

《梦忆》是这一流文字之佳者，而所追怀者又是明朝的事，更令我觉得有意思。我并不是因为民族革命思想的影响，特别对于明朝有什么情分，老实说，只是不相信清朝人——有那一条辫发拖在背后会有什么风雅，正如缠足的女人我不相信会是美人。

《梦忆》所记的多是江南风物，绍兴事也居其一部分，而这又是与我所知道的是多么不同的一个绍兴。会稽虽然说是禹域，到底还是一个偏隅小郡，终不免是小家子相的。讲到名胜地方原也不少，如大禹的陵，平水，蔡中郎的柯亭，王右军的戒珠寺，兰亭等，此外就是平常的一山一河，也都还可随便游玩，得少佳趣，倘若你有适当的游法。但张宗子是个都会诗人，他所注意的是人事而非天然，山水不过是他所写的生活的背景。说到这一层，我记起《梦忆》的一二则，对于绍兴实在不胜今昔之感。

明朝人即使别无足取，他们的狂至少总是值得佩服的，这一种狂到现今就一点儿都不存留了。不知从什么时候起的，绍兴的风水变了的缘故罢，本地所出的人才几乎限于师爷与钱店官这两种，专以苛细精干见长，那种豪放的气象已全然消灭，那种走遍天下找寻《水浒传》脚色的气魄已没有人能够了解，更不必说去实行了。他们的确已不是明朝的败家子，却变成了乡下的土财主，这不知到底是祸是福！"城郭如故人民非"，我看了《梦忆》之后不禁想起仙人丁令威的这句诗来。

张宗子的文章是颇有趣味的，这也是使我喜欢《梦忆》的一个缘由。我常这样想，现代的散文在新文学中受外国的影响最少，这与其说是文学革命的还不如说是文艺复兴的产物，虽然在文学发达的程途上复兴与革命是同一样的进展。在理学与古文没有全盛的时候，抒情的散文也已得到相当的长发，不过在学士大夫眼中自然也不很看得起。我们读明清有些名士派的文章，觉得与现代文的情趣几乎一致，思想上固然难免有若干距离，但如明人所表示的对于礼法的反动则又很有现代的气息了。

张宗子是大家子弟，《明遗民传》称其"衣冠揖让，绰有旧人风轨"，不是要讨人家欢喜的山人，他的洒脱的文章大抵出于性情的流露，读去不会令人生厌。《梦忆》可以说是他文集的选本，除了那些故意用的怪文句，我觉得有几篇真写得不坏，倘若我自己能够写得出一两篇，那就十分满足了,但这是欲羡不来,学不来的。

平伯将重刊《陶庵梦忆》,这是我所很赞成的:这回却并不是因为我从前是越人的缘故,只因《梦忆》是我所喜欢的一部书罢了。

民国十五年十一月五日　于京兆宛平

自　序

陶庵国破家亡，无所归止，披发入山，骇骇①为野人。故旧见之，如毒药猛兽，愕窒不敢与接。作自挽诗②，每欲引决。

因《石匮书》③未成，尚视息人世。然瓶粟屡罄，不能举火，始知首阳二老④直头饿死，不食周粟，还是后人妆点语也。饥饿之余，好弄笔墨，因思昔人生长王、谢⑤，颇事豪华，今日罹此果报。以笠报颅，以蒉报踵，仇簪履也；以衲报裘，以苎报絺，仇轻暖也；以藿报肉，以粝报粻，仇甘旨也；以荐报床，以石报枕，仇温柔也；以绳报枢，以瓮报牖，仇爽垲也；以烟报目，以粪报鼻，仇香艳也；以途报足，以囊报肩，仇舆从也。种种罪案，从种种果报中见之。

鸡鸣枕上，夜气方回，因想余生平，繁华靡丽，过眼皆空，五十年来，总成一梦。今当黍熟黄粱，车旅蚁穴，当作如何消受？遥思往事，忆即书之，持向佛前，一一忏悔。不次岁月，异年谱也；不分门类，别志林也。偶拈一则，如游旧径，如见故人，城郭人民，翻用自喜，真所谓痴人前不得说梦矣。

昔有西陵脚夫为人担酒,失足破其瓮,念无所偿,痴坐伫想曰:"得是梦便好!"一寒士乡试中式,方赴鹿鸣宴,恍然犹意非真,自啮其臂曰:"莫是梦否?"一梦耳,惟恐其非梦,又惟恐其是梦,其为痴人则一也。余今大梦将寤,犹事雕虫,又是一番梦呓。因叹慧业⑥文人,名心难化,正如邯郸梦断,漏尽钟鸣,卢生遗表,犹思摹拓二王,以流传后世。则其名根⑦一点,坚固如佛家舍利,劫火猛烈,犹烧之不失也。

---

① 骇骇:通"骇骇",害怕的样子。

② 自挽诗:陶渊明有《挽歌诗》三首,张岱曾仿而和之。

③《石匮书》:二百二十卷,纪传体明史巨著,张岱撰。撰写时间为崇祯元年到顺治十年。

④ 首阳二老:伯夷、叔齐。

⑤ 王、谢:王指王导,谢指谢安。其两家均是晋代两大豪门。

⑥ 慧业:佛家讲,人生来禀有智慧的业缘。

⑦ 名根:佛家将眼、耳、鼻、舌、身、意称为六根,是产生感觉和意识的根源。这里的名根,是产生好名思想的根源。

自为墓志铭

蜀人张岱，陶庵其号也。少为纨绔子弟，极爱繁华，好精舍，好美婢，好娈童①，好鲜衣，好美食，好骏马，好华灯，好烟火，好梨园，好鼓吹，好古董，好花鸟，兼以茶淫桔虐，书蠹诗魔②，劳碌半生，皆成梦幻。年至五十，国破家亡，避迹山居。所存者，破床碎几，折鼎病琴，与残书数帙，缺砚一方而已。布衣疏食，常至断炊。回首二十年前，真如隔世。

常自评之，有七不可解：向以韦布而上拟公侯，今以世家而下同乞丐，如此则贵贱紊矣，不可解一；产不及中人，而欲齐驱金谷，世颇多捷径，而独株守于陵，如此则贫富舛③矣，不可解二；以书生而践戎马之场，以将军而翻文章之府，如此则文武错矣，不可解三；上陪玉皇大帝而不谄，下陪悲田院乞儿而不骄，如此则尊卑溷矣④，不可解四；弱则唾面而肯自干，强则单骑而能赴敌，如此则宽猛背矣，不可解五；夺利争名，甘居人后，观场游戏，肯让人先，如此则缓急谬矣，不可解六；博弈摴蒱⑤，则不知胜负，啜茶尝水则能辨渑淄⑥，如此则智愚杂矣，不可解七。有此七不可解，自且不解，安望人解？故称之以富贵人可，称之以贫贱人亦可；称之以智慧人可，称之以愚蠢人亦可；称之以强项人可，称之以柔弱人亦可；称之以卞急⁷人可，称之以懒散人亦可。学书不成，学剑不成，学节义不成，学文章不成，学仙，学佛，学农，学圃，俱不成。任世人呼之为败子，为废物，为顽民，为钝秀才，为渴睡汉，为死老魅也已矣。

初字宗子，人称石公，即字石公。好著书，其所成者，有《石匮书》《张氏家谱》《义烈传》《琅嬛文集》《明易》《大易用》《史阙》《四书遇》《梦忆》《说铃》《昌谷解》《快园道古》《傒囊十集》《西湖梦寻》《一卷冰雪文》行世。生于万历丁酉⁸八月二十五日卯时，鲁国相大涤翁之树子也，母曰陶宜人。幼多痰疾，养于外大母马太夫人者十年。外太祖云谷公宦两广，藏生牛黄丸，盈数簏，自余囡地以至十有六岁，食尽之而厥疾始瘳。六岁时，大父雨若翁携余至武林，遇眉公先生跨一角鹿，为钱塘游客，对大父曰："闻文孙善属对，吾面试之。"指屏上《李白骑鲸图》曰："太白骑鲸，采石江边捞夜月。"余应曰："眉公跨鹿，钱塘县里打秋风。"眉公大笑，起跃曰："那得灵隽若此！吾小友也。"欲进余以千秋之业，岂料余之一事无成也哉！

甲申以后，悠悠忽忽⁹，既不能觅死，又不能聊生，白发婆娑⁰，犹视息人世。恐一旦溘先朝露，与草木同腐，因思古人如王无功、陶靖节、徐文长皆自作墓铭，余亦效肇为之。甫构思,觉人与文俱不佳,辍笔者再。虽然,第言吾之癖错,则亦可传也已。曾营生圹于项王里之鸡头山,友人李研斋题其圹曰:"呜呼有明著述鸿儒陶庵张长公之圹。"伯鸾高士,冢近要离,余故有取于项里也。明年,年跻七十,死与葬,其日月尚不知也,故不书。

铭曰:穷石崇,斗金石,盲卞和,献荆玉。老廉颇,战涿鹿,膺龙门,开史局,馋东坡,饿孤竹。五羖大夫,焉能自鬻⑪?空学陶潜,枉希梅福。必也寻三外野人,方晓我之衷曲。

---

①娈童:指美少年。

②书蠹诗魔:比喻读书写诗成瘾成狂的人。蠹,音dù。

③舛:音chuǎn,不幸。

④溷:音hùn,混浊,肮脏。

⑤摴蒱:音chū pú,是一种古代的汉族博戏,又叫五木之戏,或简称五木。

⑥渑淄:渑水和淄水的合称,皆在今山东省。相传二水味道不同,混合则难以辨别。渑,音miǎn。

⑦卞急:急躁。卞,音biàn。

⑧丁酉:即万历二十五年(1597)。

⑨悠悠忽忽:形容悠闲懒散或神志恍惚的样子。

⑩白发婆娑:形容满头白发的老年人的样子。

⑪鬻:音yù,卖,出售。

卷一

钟 山

钟山①上有云气，浮浮冉冉，红紫间之，人言王气，龙蜕藏焉。高皇帝②与刘诚意、徐中山、汤东瓯定寝穴，各志其处，藏袖中。三人合，穴遂定。门左有孙权墓，请徙。太祖曰："孙权亦是好汉子，留他守门。"及开藏，下为梁志公③和尚塔，真身不坏，指爪绕身数匝。军士舁④之不起。太祖亲礼之，许以金棺银椁，庄田三百六十，奉香火，舁⑤灵谷寺，塔之。今寺僧数千人，日食一庄田焉。陵寝定，闭外羡⑥，人不及知。所见者，门三、飨殿一、寝殿一、后山苍莽而已。壬午七月，朱兆宣簿太常，中元祭期，岱观之。飨殿深穆，暖阁去殿三尺，黄龙幔幔之。列二交椅，褥以黄锦孔雀翎，织正面龙，甚华重。席地以毡，走其上，必去舄⑦轻趾。稍咳，内侍辄叱曰："莫惊驾。"

近阁下一座，稍前为碩妃，是成祖生母。成祖生，孝慈皇后妊为己子，事甚秘。再下，东西列四十六席，或坐或否。祭品极简陋，朱红木簋⑧、木壶、木酒樽，甚粗朴。簋中肉止三片，粉一铗，黍数粒，东瓜汤一瓯⑨而已。暖阁上一几，陈铜炉一、小筋瓶二、杯棬二。下一大几，陈太牢一、少牢一而已⑩。他祭或不同，岱所见如是。先祭一日，太常官属开牺牲所中门，导以鼓乐旗帜，牛羊自出，龙袱盖之。至宰割所，以四索缚牛蹄。太常官属至，牛正面立，太常官属朝牲捐，捐未起，而牛头已入燅⑪所。燅已，舁至飨殿。次日五鼓，魏国至，主祀，太常官属不随班，侍立飨殿上。祀毕，牛羊已臭腐不堪闻矣。平常日进二膳，亦魏国陪祀，日必至之。

戊寅，岱寓鹫峰寺。有言孝陵上黑气一股，冲入牛斗，百有余日矣。岱夜起视，见之。自是流贼猖獗，处处告警。壬午，朱成国与王应华奉敕修陵，木枯三百年者尽出为薪，发根，隧其下数丈，识者为伤地脉、泄王气，今果有甲申之变，则寸斩应华亦不足赎也。孝陵玉石二百八十二年，今岁清明，乃遂不得一盂麦饭，思之猿咽。

---

①钟山：又名金陵山、圣游山、蒋山、紫金山等，在南京中山门外。

②高皇帝：指朱元璋。

③梁志公：即宝志，南北朝齐梁时高僧，深得梁武帝尊崇。

④辇：音jú，指用马车抬、拉。

⑤舁：音yú，抬。

⑥羡：墓道。

⑦舄：同"鞋"。

⑧簋：盛食品的器具。

⑨瓯：音ōu，小盆。

⑩太牢：古代祭祀用牛、羊、猪三种或只用牛，称为太牢；用羊、猪或只用羊，称为少牢。

⑪燅：音xún，古代祭祀用肉，沉于汤中使之半熟。

报恩塔

中国之大古董,永乐之大窑器,则报恩塔①是也。报恩塔成于永乐初年,非成祖开国之精神、开国之物力、开国之功令,其胆智才略足以吞吐此塔者,不能成焉。塔上下金刚佛像千百亿金身。一金身,琉璃砖十数块凑成之,其衣折不爽②分,其面目不爽毫,其须眉不爽忽,斗榫合缝,信属鬼工。

闻烧成时,具三塔相,成其一,埋其二,编号识之。今塔上损砖一块,以字号报工部,发一砖补之,如生成焉。夜必灯,岁费油若干斛。天日高霁③,霏霏霭霭,摇摇曳曳,有光怪出其上,如香烟燎绕,半日方散。永乐时,海外夷蛮④重译⑤至者百有余国,见报恩塔,必顶礼赞叹而去,谓四大部洲⑥所无也。

---

①报恩塔:在南京聚宝门(今中华门)外报恩寺内,三国吴赤乌年间(238—251)开始修建,明永乐十年(1412)建成。藏有舍利,后因战火被毁。

②爽:差错。

③霁:天晴。

④夷蛮:古代对东方和南方各族的泛称。

⑤重译:指译使。

⑥四大部洲:佛教曰,须弥山四方咸海,中有四洲,即东胜身洲、南赡部洲、西牛货洲、北俱卢洲。

天台牡丹

天台①多牡丹，大如拱把②，其常也。某村中有鹅黄牡丹，一株三千，其大如小斗，植五圣祠前。枝叶离披，错出檐甍之上，三间满焉。花时数十朵，鹅子、黄鹂、松花、蒸栗，尊楼穰吐③，淋漓簇沓。土人④于其外搭棚演戏四五台，婆娑乐神。有侵花至溺发者，立致奇祟。土人戒勿犯，故花得蔽芾⑤而寿。

---

①天台：指天台山。
②拱把：指径围大如两手合围。出自《孟子·告子上》："拱把之桐梓，人苟欲生之，皆知所以养之者。"
③穰吐：茂盛的样子。
④土人：本地人。
⑤蔽芾：花木茂盛的样子。芾，音 fèi，茂盛。

金乳生草花

金乳生喜莳草花①。住宅前有空地，小河界之。乳生濒河构小轩三间，纵其趾②于北，不方而长，设竹篱经其左。北临街，筑土墙，墙内砌花栏护其趾。再前，又砌石花栏，长丈余而稍狭。栏前以螺山石垒山披数折，有画意。

草木百余本，错杂莳之，浓淡疏密，俱有情致。春以莺粟、虞美人为主，而山兰、素馨、决明佐之；春老以芍药为主，而西番莲③、土萱、紫兰、山矾佐之。夏以洛阳花、建兰为主，而蜀葵、乌斯菊、望江南、茉莉、杜若、珍珠兰佐之。秋以菊为主，而剪秋纱、秋葵、僧鞋菊、万寿芙蓉、老少年、秋海棠、雁来红、矮鸡冠佐之。冬以水仙为主，而长春④佐之。其木本如紫白丁香、绿萼玉楪蜡梅、西府、滇茶、日丹、白梨花，种之墙头屋角，以遮烈日。

乳生弱质多病，早起不盥不栉，蒲伏阶下，捕菊虎，芟地蚕⑤，花根叶底，虽千百本，一日必一周之。癃⑥头者火蚁，瘠枝者黑蚰，伤根者蚯蚓、蜒蚰，贼叶者象干、毛猬。火蚁，以鲞骨、鳖甲置旁引出弃之；黑蚰，以麻裹筯头捋出之；蜒蚰，以夜静持灯灭杀之；蚯蚓，以石灰水灌河水解之；毛猬，以马粪水杀之；象干虫，磨铁线，穴搜之。事必亲历，虽冰龟⑦其手，日焦其额，不顾也。青帝⑧喜其勤，近产芝三本以祥瑞之。

---

①金乳生：当时一个擅长园艺的花匠。莳：音shì，种植。

②阯：同址。

③西番莲：又名鸡蛋果等，是一种芳香可口的水果。

④长春：又名"金盏草"，一年生或二年生，菊科植物。

⑤地蚕：俗称土蚕，地老虎，其幼虫咬食花木的根茎。

⑥癃：音lóng，枯萎，衰弱。

⑦皲:音jūn,同"皴",皮肤因受冻而裂开。

⑧青帝:古代神话传说中的司春之神。

日月湖

宁波府城内,近南门,有日月湖①。日湖圆,略小,故日之;月湖长,方广,故月之。二湖连络如环,中亘一堤,小桥纽之。日湖有贺少监②祠。季真朝服拖绅,绝无黄冠气象。祠中勒唐元宗③饯行诗以荣之。季真乞鉴湖归老,年八十余矣。其《回乡》诗曰:"幼小离家老大回,乡音无改鬓毛衰。儿孙相见不相识,笑问客从何处来?"八十归老,不为早矣,乃时人称为急流勇退,今古传之。

季真曾谒一卖药王老,求冲举④之术,持一珠贻之。王老见卖饼者过,取珠易饼。季真口不敢言,甚懊惜之。王老曰:"悭吝未除,术何由得?"乃还其珠而去。则季真直一富贵利禄中人耳。《唐书》入之《隐逸传》,亦不伦甚矣。月湖一泓汪洋,明瑟可爱,直抵南城。城下密密植桃柳,四围湖岸,亦间植名花果木以萦带之。湖中栉比皆士夫园亭,台榭倾圮,而松石苍老。石上凌霄藤有斗大者,率百年以上物也。四明缙绅,田宅及其子,园亭及其身。平泉木石⑤,多暮楚朝秦,故园亭亦聊且为之,如传舍衙署焉。屠赤水娑罗馆亦仅存娑罗而已。所称"雪浪"等石,在某氏园久矣。清明日,二湖游船甚盛,但桥小,船不能大。城墙下趾稍广,桃柳烂漫,游人席地坐,亦饮亦歌,声存西湖一曲。

---

①日月湖：此湖在浙江宁波。日湖,也称为南湖；月湖,也称为西湖。

②贺少监：即贺之章,字季真,越州永兴人,唐代诗人,曾为太子宾客,秘书监。

③唐元宗：即唐玄宗李隆基。此处因避康熙皇帝名"玄烨"而改称。

④冲举：飞升成仙。

⑤平泉木石：典出李德裕《平泉山居戒子孙记》："鬻平泉者,非吾子孙也。以平泉一树一木与人者,非佳士也。"

金山①夜戏

崇祯二年,中秋后一日,余道镇江往兖。日晡②,至北固,舣舟江口。月光倒囊入水,江涛吞吐,露气吸之,噀天为白。余大惊喜。移舟过金山寺,已二鼓矣。经龙王堂,入大殿,皆漆静。林下漏月光,疏疏如残雪。余呼小傒携戏具,盛张灯火大殿中,唱韩蕲③王金山及长江大战诸剧。锣鼓喧阗④,一寺人皆起看。有老僧以手背搬⑤眼翳,翕然张口⑥,呵欠与笑嚏俱至。徐定睛,视为何许人,以何事何时至,皆不敢问。剧完将曙,解缆过江。山僧至山脚,目送久之,不知是人、是怪、是鬼。

①金山：在今江苏镇西北，名胜古迹有金山寺、慈寿塔等。

②哺时：时刻名，即申时，相当于下午3点到5点。

③韩蕲王：即韩世忠（1089—1151），字良臣，绥德（今陕西）人，宋代名将、历任偏将、浙西制置使、京东淮东路宣抚处置使、枢密使等。去世后被追封为蕲王。

④喧阗：充满。

⑤挼：音shā，擦。

⑥訡然张口：惊讶的样子。訡，音xī。

筠芝亭

筠芝亭，浑朴一亭耳。然而亭之事尽，筠芝亭一山之事亦尽。吾家后此亭而亭者，不及筠芝亭；后此亭而楼者、阁者、斋者，亦不及。总之，多一楼，亭中多一楼之碍；多一墙，亭中多一墙之碍。太仆公①造此亭成，亭之外更不增一椽一瓦，亭之内亦不设一槛一扉，此其意有在也。亭前后，太仆公手植树皆合抱，清樾轻岚②，滃滃翳翳③，如在秋水。亭前石台，猎取亭中之景物而先得之，升高眺远，眼界光明。敬亭诸山，箕踞麓下。溪壑萦回，水出松叶之上。台下右旋，曲磴三折，老松偻背而立，顶垂一干，倒下如小幢，小枝盘郁，曲出辅之，旋盖如曲柄葆羽④。癸丑以前，不垣不台⑤,松意尤畅。

---

①太仆公:张岱高祖张天复,其曾官至太仆寺卿。

②清樾轻岚:树荫清凉,雾气轻薄。

③滃滃翳翳:云气升腾、烟云弥漫的样子。

④葆羽:仪仗名,以鸟羽为饰。

⑤不垣不台:没有围墙和台阶。

砎　园①

砎园,水盘据之,而得水之用,又安顿之若无水者。

寿花堂,界以堤,以小眉山,以天问台,以竹径,则曲而长,则水之;内宅,隔以霞爽轩,以酣漱,以长廊,以小曲桥,以东篱,则深而邃,则水之;临池,截以鲈香亭、梅花禅,则静而远,则水之;缘城,护以贞六居,以无漏庵,以莱园,以邻居小户,则阒②而安,则水之用尽。而水之意色,指归乎庞公池③之水。庞公池,人弃我取,一意向园,目不他瞩,肠不他回,口不他诺,龙山蹩蹮,三折就之,而水不之顾。人称砎园能用水,而卒得水力焉。

大父④在日,园极华缛。有二老盘旋其中,一老曰:"竟是蓬莱阆苑⑤了也。"一老哬⑥之曰:"个边那有这样?"

①矿园：张岱祖父张汝霖于天启元年（1621）回乡养病时所建园林。

②閟：音bì，幽静。

③庞公池：在绍兴卧龙山之西。

④大父：祖父。

⑤阆苑：传说中神仙居住的地方。

⑥咈：否定。

葑门①荷宕

天启壬戌②六月二十四日，偶至苏州，见士女倾城而出，毕集于葑门外之荷花宕。③楼船画舫④至鱼艖小艇，雇觅一空。远方游客，有持数万钱无所得舟，蚁旋岸上者。余移舟往观，一无所见。宕中以大船为经，小船为纬，游冶子弟⑤，轻舟鼓吹，往来如梭。舟中丽人皆倩妆淡服，摩肩簇舄，汗透重纱。舟楫之胜以挤，鼓吹之胜以杂，男女之胜以溷⑥，歌暑燀烁⑦，靡沸终日而已。荷花宕经岁无人迹，是日，士女以鞋靸不至为耻。袁石公曰："其男女之杂，灿烂之景，不可名状。大约露帏⑧则千花竞笑，举袂⑨则乱云出峡，挥扇则星流月映，闻歌则雷辊⑩涛趋。"盖恨虎丘中秋夜之模糊躲闪，特至是日而明白昭著之也。

①葑门：江苏吴县城东门。初名封门，因周围多水塘，盛产葑，故改称葑门。

②壬戌：即明天启二年（1622）。

③相传农历六月二十四是荷花的生日。按照苏州民俗，在这一天，男女老少都要到荷花宕赏花。

④楼船画舫：楼船，有多层结构的游船。画舫，装饰华美的船只。

⑤游冶子弟：出游寻乐的人。

⑥溷：音hùn，肮脏、混杂。

⑦歊暑燂烁：指炎热。歊，音xiāo，热气、炎热；燂烁，音qián shuò，热、炽热。

⑧露帏：拉开幔布。帏，音wéi。

⑨举袂：抬起衣袖。袂，音mèi。

⑩雷辊：指雷滚、雷鸣。

越俗扫墓

越俗扫墓，男女袨服靓妆①；画船箫鼓，如杭州人游湖，厚人薄鬼，率以为常。二十年前，中人之家尚用平水屋帻船②，男女分两截坐，不坐船，不鼓吹。先辈谑之曰："以结上文两节之意。"后渐华靡，虽监门小户，男女必用两坐船，必巾，必鼓吹，必欢呼畅饮。下午必就其路之所近，游庵堂、寺院及士夫家花园。鼓吹近城，必吹《海东青》《独行千里》，锣鼓错杂。酒徒沾醉，必岸帻③嚣嚎，唱无字曲，或舟中攘臂，与侪列④厮打。自二月朔⑤至夏至，填城溢国⑥，日日如之。

乙酉⑦，方兵划江而守，虽鱼艖菱舠⑧，收拾略尽。坟垅数十里而遥，子孙数人挑鱼肉楮钱，徒步往返之，妇女不得出城者三岁矣。萧索凄凉，亦物极必反之一。

---

①袨服靓妆：华美、漂亮的衣服。

②屋帻船：指丧船。

③帻：音zé，古代的头巾。

④侪列：一起。侪，音chái，共同。

⑤朔：农历每月初一。

⑥填城溢国：形容人很多。

⑦乙酉：即清顺治二年（1645）。

⑧舠：指小船。

奔云石

南屏①石无出奔云石者。奔云得其情，未得其理。石如滇茶一朵，风雨落之，半入泥土，花瓣棱棱，三四层折。人走其中，如蝶入花心，无须不缀也。黄寓庸先生读书其中，四方弟子千余人，门如市。余幼从大父访先生。先生面黳黑，多髭须②，毛颊，河目海口，眉棱鼻梁，张口多笑。交际酬酢③，八面应之。耳聆客言，目睹来牍，手书回札，口嘱傒奴④，杂沓于前，未尝少错。客至，无贵贱，便肉、便饭食之，夜即与同榻。余一书记⑤往，颇秽恶，先生寝食之不异也，余深服之。

丙寅⑥至武林⑦，亭榭倾圮⑧，堂中奄先生遗蜕，不胜人琴之感⑨。余见奔云黝润，色泽不减，谓客曰："愿假此一室，以石磔门，坐卧其下，可十年不出也。"客曰："有盗。"余曰："布衣褐被，身外长物则瓶粟与残书数本而已。王弇州不曰'盗亦有道也'哉？"

---

①南屏：南屏山，在杭州西湖南路，如一扇屏障，山上怪石玲珑，峻壁陡峭。

②髭须：胡子。唇上为髭，唇下为须。髭，音 zī。

③酬酢：指主宾互相敬酒。酬，主人向客人敬酒。酢，音 zuò，客人向主人敬酒。

④口嘱傒奴：互相交头接耳，等待仆人。傒，音 xī，意等待。

⑤书记：掌管文书的人。

⑥丙寅：即明天启六年（1626）。

⑦武林：杭州之别称。

⑧倾圮：塌毁，倒塌。圮，音 pǐ。

⑨人琴之感：指对死者的怀念、哀悼之情。语出《世说新语》。

莲花

脸腻香熏似有情,
世间何物比轻盈。
可怜雨后为泥者,
碧玉盘中弄水晶。

——(唐)郭震

木犹龙

木龙①出辽海②,为风涛漱击,形如巨浪跳蹴,遍体多着波纹,常开平王③得之辽东,辇至京。开平第毁④,谓木龙炭矣。及发瓦砾,见木龙埋入地数尺,火不及,惊异之,遂呼为龙。不知何缘出易于市,先君子以犀觥⑤十七只售之,进鲁献王,误书"木龙"犯讳,峻辞之,遂留长史署中。先君子弃世,余载归,传为世宝。

丁丑⑥诗社,恳名公人赐之名,并赋小言咏之。周墨农字以"木犹龙",倪鸿宝字以"木寓龙",祁世培字以"海槎",王士美字以"槎浪",张毅儒字以"陆槎",诗遂盈帙⑦。木龙体肥痴,重千余斤,自辽之京、之兖、之济,由陆。济之杭,由水。杭之江、之萧山⑧、之山阴⑨、之余舍,水陆错。前后费至百金,所易价不与焉。呜呼,木龙可谓遇矣!

余磨其龙脑尺木,勒⑩铭志之,曰:"夜壑风雷,骞槎⑪化石;海立山崩,烟云灭没;谓有龙焉,呼之或出。"又曰:"扰龙张子,尺木书铭;何以似之? 秋涛夏云。"

---

①木龙:是一种化石。

②辽海:泛指辽河流域及以东沿海地区。明初曾设辽海卫,隶属辽东指挥史司。

③常开平王:即常遇春,怀远人,明朝开国功臣,后封开平王。

④第毁：府第被毁。

⑤犀觥：指犀牛角做的酒器。

⑥丁丑：指明崇祯十年（1637）。

⑦盈帙：形容很多。帙，装书画的布套。

⑧萧山：今浙江萧山。

⑨山阴：今浙江绍兴。

⑩勒：刻。

⑪骞槎：传说张骞奉武帝令出使大夏寻河源时所乘的浮槎，称为骞槎。

天　砚

少年视砚，不得砚丑。徽州汪砚伯至，以古款废砚，立得重价，越中藏石俱尽。阅砚多，砚理出。曾托友人秦一生为余觅石，遍城中无有。山阴狱中大盗出一石，璞①耳，索银二斤。余适往武林，一生造次②不能辨，持示燕客。燕客指石中白眼曰："黄牙臭口③，堪留支桌。"赚④一生还盗。燕客夜以三十金攫去。命砚伯制一天砚，上五小星一大星，谱曰"五星拱月"。燕客恐一生见，铲去大小二星，止留三小星。一生知之，大懊恨，向余言。余笑曰："犹子比儿⑤。"亟往索看。燕客捧出，赤比马肝，酥润如玉，背隐白丝类玛瑙，指螺细篆，面三星坟起如弩眼，着墨无声而墨沉烟起，一生痴瘛⑥，口张而不能翕。燕客属余铭，铭曰："女娲炼天，不分玉石；鳌血芦灰⑦，烹霞铸日；星河溷扰，参横箕翕⑧。"

———————————

①璞：指含玉的石头。

②造次：指匆忙。

③黄牙臭口：比喻黄色的石眼。

④赚：音zuàn，诳骗。

⑤犹子比儿：对待这块石头像对待儿子一样。

⑥痴癃：指痴呆。

⑦鳌血芦灰：相传女娲断鳌来支撑四方，积芦灰来阻挡洪水。

⑧参、箕：中国古代星座名。

吴中绝技

吴中绝技：陆子冈①之治玉，鲍天成之治犀，周柱②之治嵌镶，赵良璧之治梳，朱碧山之治金银，马勋、荷叶李之治扇，张寄修之治琴，范昆白之治三弦子③，俱可上下百年，保无敌手。

但其良工苦心，亦技艺之能事。至其厚薄深浅，浓淡疏密，适与后世赏鉴家之心力、目力针芥相对④，是岂工匠之所能办乎？

盖技也而进乎技矣⑤。

①陆子冈：明代玉工。

②周柱：明朝吴中（今江苏苏州）人。民间艺人，擅长嵌镶，被称为绝技。

③三弦子：弦乐器名。

④针芥相投：指相互投契。

⑤进乎技：语出《庄子·养生主》："臣之所好者道也，进乎技矣。"

濮仲谦雕刻

南京濮仲谦，古貌古心，粥粥①若无能者，然其技艺之巧，夺天工焉。其竹器，一帚一刷，竹寸耳，勾勒数刀，价以两计。然其所以自喜者，又必用竹之盘根错节，以不事刀斧为奇，则是经其手略刮磨之，而遂得重价，真不可解也。

仲谦名噪甚，得其款，物辄腾贵。三山街润泽②于仲谦之手者数十人焉，而仲谦赤贫自如也。于友人座间见有佳竹、佳犀，辄自为之。意偶不属③，虽势劫之、利啖④之，终不可得。

①粥粥：指卑恭和顺的样子。

②润泽：指受到好处。

③意偶不属：偶尔尔有不合他心意之时。

④啖：引诱。

卷二

孔庙桧①

己巳②至曲阜,谒孔庙③,买门者门以入。宫墙上有楼耸出,匾曰"梁山伯祝英台读书处",骇异之。

进仪门,看孔子手植桧。桧历周、秦、汉、晋几千年,至晋怀帝永嘉三年而枯。枯三百有九年,子孙守之不毁,至隋恭帝义宁元年复生。生五十一年,至唐高宗乾封三年再枯。枯三百七十有四年,至宋仁宗康定元年再荣。至金宣宗贞祐三年罹于兵火,枝叶俱焚,仅存其干,高二丈有奇。后八十一年,元世祖三十一年再发。至洪武二十二年己巳,发数枝,蓊郁;后十余年又落。摩其干,滑泽坚润,纹皆左纽,扣之作金石声。孔氏子孙恒视其荣枯,以占世运焉。

再进一大亭,卧一碑,书"杏坛"二字,党英④笔也。亭界一桥,洙、泗水汇此。过桥,入大殿,殿壮丽,宣圣⑤及四配⑥、十哲⑦俱塑像冕旒⑧。案上列铜鼎三、一牺、一象、一辟邪,款制遒古,浑身翡翠,以钉钉案上。阶下竖历代帝王碑记,独元碑高大,用风磨铜⑨赑屃⑩,高丈余。左殿三楹⑪,规模略小,为孔氏家庙。东西两壁,用小木匾书历代帝王祭文。西壁之隅,高皇殿焉。庙中凡明朝封号,俱置不用,总以见其大也。孔家人曰:"天下只三家人家:我家与江西张、凤阳朱而已。江西张,道士气;凤阳朱,暴发人家,小家气。"

①桧：一种常绿乔木，幼树的叶子像针，大树的叶子像鳞片，木材桃红色，有香气，可做建筑材料。

②己巳：指明崇祯二年（1629）。

③孔庙：在今山东曲阜南门内，原为孔子故居。

④党英：即党怀英（1134—1211），字世杰，号竹溪，冯翊（今陕西大荔）人。曾官至翰林学士承旨，以书法闻名。

⑤宣圣：汉平帝追谥孔子为褒成宣公，后历代王朝皆尊孔子为圣人，人们多尊称其为宣圣。

⑥四配：配祀孔子的四位儒门圣贤，即复圣颜子，宗圣曾子、述圣子思子、亚圣孟子。

⑦十哲：孔子门下最优秀的十位学生，即子渊、子骞、伯牛、仲马、子有、子贡、子路、子我、子游、子夏。

⑧冕旒：礼冠和礼冠前后的玉串。

⑨风磨钢：一种主要成分为金的合金，风越吹磨则越明亮。

⑩赑屃：音bì xì，古代传说中的一种动物，外形像龟，能负重，旧时石碑基座多雕成其形。

⑪楹：音yíng，厅堂前部的柱子。

孔 林

曲阜出北门五里许，为孔林。紫金城城之，门以楼，楼上见小山一点，正对东南者，峰山也。折而西，有石虎、石羊三四，在榛莽①中。过一桥，二水汇，泗水也。享殿后有子贡手植楷②。楷大小千余本，鲁人取为材、为棋枰。享殿正对伯鱼墓，圣人葬其子得中气。由伯鱼③墓折而右，为宣圣墓。去数丈，案④一小山，小山之南为子思墓。数百武之内，父、子、孙三墓在焉。谯周⑤云："孔子死后，鲁人就冢次而居者百有余家，曰'孔里'。"《孔丛子》曰："夫子墓方一里，在鲁城北六里泗水上。"诸孔氏封五十余所，人名昭穆⑥，不可复识。

有碑铭三，兽碣⑦俱在。《皇览》曰："弟子各以四方奇木来植，故多异树不能名。一里之中未尝产棘木、荆草。"紫金城外，环而墓者数千家，三千二百余年，子孙列葬不他徙，从古帝王所不能比隆也。宣圣墓右，有小屋三间，匾曰"子贡庐墓处"。盖自兖州至曲阜道上，时官以木坊表识，有曰"齐人归馈处"，有曰"子在川上⑧处"，尚有义理；至泰山顶上，乃勒石曰"孔子小天下处"，则不觉失笑矣。

---

①榛莽：指杂乱丛生的草木。

②楷：音jiē，树名，其木材可制器具，种子可榨油，树皮和叶子可制栲胶。

亦称"黄连木"。

③伯鱼：孔鲤，孔子的儿子，字伯鱼。

④案：着落。

⑤谯周：三国时蜀汉学者，字允南。

⑥昭穆：宗法制度对宗庙或墓地的辈次排列规则和次序。

⑦碣：音jié，圆顶的石碑。

⑧灌：鲁地，在今山东肥南县南。鲁定公十年，孔子为鲁相，随定公与齐侯会于夹谷，齐人归还鲁国浑、灌等地。

燕子矶

燕子矶①，余三过之。水势湁潗②，舟人至此，捷摔抒取，钩挽铁缆，蚁附而上。篷窗中见石骨棱层，撑拒水际，不喜而怖，不识岸上有如许境界。

戊寅到京后，同吕吉士出观音门，游燕子矶。方晓佛地仙都，当面蹉过之矣。登关王殿③，吴头楚尾，是侯④用武之地，灵爽赫赫，须眉戟起。缘山走矶上，坐亭子，看水江敝洌，舟下如箭。折而南，走观音阁，度索上之。阁旁僧院，有峭壁千寻，碚礌⑤如铁，大枫数株，翳以他树，森森冷绿，小楼痴对，便可十年面壁。今僧寮佛阁，故故背之⑥，其心何忍？是年，余归浙，闵老子、王月生送至矶，饮石壁下。

①燕子矶：位于南京市栖霞区观音门外，有着"万里长江第一矶"的称号，是长江三大名矶之一。

②潝潗：水沸涌貌。司马相如《上林赋》："潏潏淈淈，湁潗鼎沸。"

③关王殿：辽金时道教建筑。在山西省定襄县关王庙内，始创于狄金泰和八年（1208）。

④侯：指关羽，曾封汉寿亭侯。

⑤硿磳：指巨大的石头。

⑥背之：背对着它。

鲁藩①烟火

兖州鲁藩烟火妙天下。烟火必张灯，鲁藩之灯，灯其殿、灯其壁、灯其楹柱、灯其屏、灯其座、灯其宫扇伞盖。诸王公子、宫娥②僚属、队舞乐工，尽收为灯中景物。及放烟火，灯中景物又收为烟火中景物。天下之看灯者，看灯灯外；看烟火者，看烟火烟火外，未有身入灯中、光中、影中、烟中、火中，闪烁变幻，不知其为王宫内之烟火，亦不知其为烟火内之王宫也。

殿前搭木架数层，上放"黄蜂出窠"、"撒花盖顶"、"天花喷礴"③。四旁珍珠帘八架，架高二丈许，每一帘嵌孝、悌、忠、信、礼、义、廉、耻一大字。每字高丈许，晶映高明。

下以五色火漆塑狮、象、橐驼④之属百余头，上骑百蛮，手中持象牙、犀角、珊瑚、玉斗诸器，器中实"千丈菊""千丈梨"诸火器，兽足蹍以车轮，腹内藏人。旋转其下，百蛮手中，瓶花徐发，雁雁行行，且阵且走。移时，百兽口出火，尻⑤亦出火，纵横践踏。端门内外，烟焰蔽天，月不得明，露不得下。看者耳目攫夺，屡欲狂易，恒内手持之。

昔者有一苏州人，自夸其州中灯事之盛，曰："苏州此时有起火，亦无处放，放亦不得上。"众曰："何也？"曰："此时天上被起火挤住，无空隙处耳！"人笑其诞。于鲁府观之，殆不诬也。

---

①鲁藩：鲁王藩府。

②宫娥：宫中嫔妃，侍女。

③"黄蜂出窠"、"撒花盖顶"、"天花喷礴"：不同烟火的样子。

④橐驼：指骆驼。

⑤尻：音kāo，屁股，脊骨的末端。

朱云崃①女戏

朱云崃教女戏，非教戏也。未教戏，先教琴，先教琵琶，先教提琴、弦子、萧管、鼓吹、歌舞，借戏为之，其实不专为戏也。郭汾阳②、杨越公③、王司徒④女乐，当日未必有此。丝竹错杂，檀板清讴⑤，已妙腠理⑥，唱完以曲白终之，反觉多事矣。

西施歌舞，对舞者五人，长袖缓带，绕身若环，曾挠摩地，扶旋猗那，弱如秋药。女官内侍，执扇葆璇盖、金莲宝炬，纨扇、宫灯二十余人，光焰荧煌，锦绣纷叠，见者错愕。

云老好胜，遇得意处，辄盱目⑦视客；得一赞语，辄走戏房，与诸姬道之，俇⑧出俇入，颇极劳顿。且闻云老多疑忌，诸姬曲房密户，重重封锁，夜犹躬自巡历，诸姬心憎之。有当御者，辄遁去，互相藏闪，只在曲房，无可觅处，必叱咤而罢。殷殷防护，日夜为劳，是无知老贱，自讨苦吃者也，堪为老年好色之戒。

---

①朱云崃：明崇祯年间老艺人，好女色。崃，音lái。

②郭汾阳：即郭子仪，唐代名将。

③杨越公：即杨素，字处道，隋朝杰出军事家，曾率水军东下攻陈，灭陈后被封为越国公。

④王司徒：即晋代王浑，字玄冲，太原晋阳人。

⑤清讴：清亮的歌声。讴，音ōu。

⑥腠理：肌肤深处。入妙腠理，形容绝妙。

⑦盱目：张目。盱，xū

⑧俇：音guī，经常。

绍兴琴派

丙辰①学琴于王侣鹅，绍兴存王明泉派者推侣鹅，学《渔樵回答》《列子御风》《碧玉调》《水龙吟》《捣衣环珮声》等曲。戊午②学琴于王本吾，半年得二十余曲：《雁落平沙》《山居吟》《静观吟》《清夜坐钟》《乌夜咏》《汉宫秋》《高山流水》《梅花弄》《淳化引》《沧江夜雨》《庄周梦》，又《胡笳十八拍》《普庵咒》等小曲十余种。王本吾指法圆静，微带油腔。余得其法，练熟还生，以涩③勒出之，遂称合作。同学者，范与兰、尹尔韬、何紫翔、王士美、燕客、平子。与兰、士美、燕客、平子俱不成，紫翔得本吾之八九而微嫩，尔韬得本吾之八九而微迂。余曾与本吾、紫翔、尔韬取琴四张弹之，如出一手，听者骇服④。后本吾而来越者，有张慎行、何明台，结实有余而萧散⑤不足，无出本吾上者。

---

①丙辰：即清康熙十五年（1676）。

②戊午：即清康熙十七年（1678）。

③涩：不够润滑、顺畅。

④骇服：惊讶诚服。

⑤萧散：指潇洒自然。

花石纲①遗石

越中无佳石。董文简斋中一石,磊块正骨,窋咤②数孔,疏爽明易,不作灵谲波诡③,朱勔④花石纲所遗,陆放翁⑤家物也。文简竖之庭除,石后种剔牙松一株,辟咡⑥负剑,与石意相得。文简轩其北,名"独石轩",石之轩独之无异也。石篑先生读书其中,勒铭志之。

大江以南,花石纲遗石,以吴门徐清之家一石为石祖。石高丈五,朱勔移舟中,石盘沉太湖底,觅不得,遂不果行。后归乌程董氏,载至中流,船复覆。董氏破资募善入水者取之。先得其盘,诧异之,又溺水取石,石亦旋起,时人比之延津剑⑦焉。后数十年,遂为徐氏有。再传至清之,以三百金竖之。石连底高二丈许,变幻百出,无可名状。大约如吴无奇⑧游黄山,见一怪石,辄瞋目叫曰:"岂有此理!岂有此理!"

---

①花石纲:古代专门运送花木异石以满足皇帝喜好的运输编队的名称。

②窋咤:音 zhú zhà,指洞穴。

③灵谲波诡:神奇怪异的样子。

④朱勔:苏州人,北宁波大臣,为"六贼"之一。当时宁波徽宗垂意于奇花异石,朱勔奉迎上意,搜求浙中珍奇花石进献,并逐年增加。

⑤陆放翁:即南宋诗人陆游,晚年号放翁。

⑥咡:音 èi,琴弦。

⑦延津剑：指龙泉、太阿两剑。据《晋书·张华传》载，丰城令雷焕得龙泉、太阿两剑，以其一与张华。后华被诛，剑即失其所在。雷焕死，其子持剑行经延津，剑忽跃出堕水。使人入水取之，但见两龙蟠萦，波浪惊沸。剑从此之去。后遂以"延津剑"指龙泉、太阿两剑。

⑧吴无奇：即吴士奇，字无奇，号恒初，安徽歙县人，明万历二十年（1592）进士。

焦 山①

仲叔守瓜州，余借住于园，无事辄登金山寺。风月清爽，二鼓②，犹上妙高台，长江之险，遂同沟浍。③

一日，放舟焦山，山更纡谲④可喜。江曲涡山下，水望澄明，渊无潜甲⑤。海猪⑥、海马，投饭起食，驯扰若豢鱼。看水晶殿，寻瘗鹤铭⑦，山无人杂，静若太古。回首瓜州，烟火城中，真如隔世。

饭饱睡足，新浴而出，走拜焦处士⑧祠。见其轩冕黼黻⑨，夫人列坐，陪臣四，女官四，羽葆⑩云罕，俨然王者。盖土人奉为土谷，以王礼祀之。是犹以杜十姨配伍髭须⑪，千古不能正其非也。处士有灵，不知走向何所？

①焦山：又名浮玉山，在今江苏镇江，位于长江中，因汉末学者焦先隐居于此而得名。

②二鼓：二更天。出自宋王明清《挥麈后录》卷一："夜漏已二鼓五筹，众前奏丐罢，始退。"

③沟浍：指田间水道。

④纡谲：曲折。

⑤甲：甲鱼之类的水生动物。

⑥海猪：即海豚。

⑦瘗鹤铭：葬鹤的铭文，南朝摩崖刻石。瘗，音yì。

⑧焦处士：即焦先，字孝然，东汉人。汉末天下大乱，他隐居山中，焦山由此而得名。

⑨黼黻：音fǔ fú，指古代礼服上绣的精美花纹。

⑩羽葆：用鸟羽装饰的车盖。

⑪以杜十姨配伍髭须：典出宋俞琰《席上腐谈》："温州有土地杜拾姨无夫，五撮须相公无妇。州人迎杜拾姨以配五撮须，合为一店。杜十姨为谁？乃杜拾遗也。五撮须为谁？乃伍子胥也。少陵有灵，必对子胥笑曰：'尔尚有相公之称，我乃为十姨，岂不雌我耶？'"

表胜庵①

　　炉峰石屋为一金和尚结茅守土之地，后住锡柯桥融光寺。大父造表胜庵成，迎和尚还山住持。命余作启，启曰：

　　"伏以丛林表胜，惭给孤之大地布金②；天瓦安禅，冀宝掌自五天飞锡。重来石塔，戒长老特为东坡③；悬契松枝，万回师却逢西向④。去无作相，住亦随缘。伏惟九里山之精蓝，实是一金师之初地。偶听柯亭之竹笛⑤，留滞人间；久虚石屋之烟霞，应超尘外。譬之孤天之鹤，尚眷旧枝；想彼弥空之云，亦归故岫。况兹胜域，宜兆异人，了住山之夙因，立开堂之新范。护门容虎，洗钵⑥归龙。茗得先春，仍是寒泉风味；香来破腊，依然茅屋梅花。半月岩似与人猜，请大师试为标指；一片石正堪对语⑦，听生公说到点头⑧。敬藉山灵，愿同石隐。倘净念结远公之社，定不攒眉；若居心如康乐⑨之流，自难开口。立返山中之驾，看回湖上之船，仰望慈悲，俯从大众。"

---

①表胜庵：作者祖父张汝霖所建。

②给孤之大地布金：传说印度憍萨罗国给孤独舍购买太子祇陀的园林，以赠释迦，让其在此说法。太子说，如能用黄金将地面铺满，便将此园相让。孤独舍依言用黄金铺地，感动太子。后此园以两人名字命名"祇树给孤独园"。

③重来石塔，戒长老特为东坡：苏轼《重清戒长老住石塔疏》一文中有"大士未曾说法，谁作金毛之声众生自开堂，何关石塔之事。去无作相，住亦随缘。长老戒公，开不二门，施无尽藏。念西湖之久别，本是偶然；东坡而少留，不无可者"之语。戒长老：北宋高僧，名戒弼。

④万回师却适西向：传说唐代僧人万回冥冥之守服役安西，父母十分想念。他早上去探望兄长，晚上就顺兄长的书信。

⑤柯亭之竹笛：据晋伏滔《长笛赋序》记载，柯亭之竹良竹，取以为笛，音声独绝。

⑥洗钵：禅林中，用食终了，清洗钵盂，称为洗钵。

⑦一片石正堪对语：只有一片石头可与对话。语出张鹜《朝野金载》。

⑧听生公说到点头：比喻说理透彻，令人信服。语出晋无名氏《莲社高贤传·道生法师》。

⑨康乐：即谢灵运（385—433），原籍陈郡阳夏（今河南太康），出生于会稽始宁（今浙江上虞），出身名门望族，袭封康乐公。

梅花书屋

陔萼楼后老屋倾圮，余筑基四尺，造书屋一大间。旁广耳室①如纱幮②，设卧榻。前后空地，后墙坛其趾，西瓜瓤大牡丹三株，花出墙上，岁满三百余朵。坛前西府二树，花时积三尺香雪。前四壁稍高，对面砌石台，插太湖石数峰。西溪梅骨古劲，滇茶数茎妩媚，其傍梅根种西番莲，缠绕如缨络。窗外竹棚，密宝襄盖之。阶下翠草深三尺，秋海棠疏疏杂入。前后明窗，宝襄、西府，渐作绿暗。余坐卧其中，非高流佳客，不得辄入。慕倪迂清閟③，又以"云林秘阁"名之。

---

①耳室：指正屋两面的小室。宋代以前墓穴之砖室，两旁砖壁中有小室，亦称耳室。1989《睢县志·文化·古建筑》："袁家山（袁可立别业），……拆除大殿两侧耳室，改为八方圈门。"

②纱幮:纱帐。室内张施用以隔层或避蚊。

③清閟:指清静幽邃。

不二斋

不二斋,高梧三丈,翠樾千重,墙西稍空,蜡梅补之,但有绿天,暑气不到。后窗墙高于槛,方竹数竿,潇潇洒洒,郑子昭"满耳秋声"横披一幅。天光下射,望空视之,晶沁①如玻璃、云母,坐者恒在清凉世界。图书四壁,充栋连床;鼎彝尊罍②,不移而具。余于左设石床竹几,帷之纱幕,以障蚊虻。绿暗侵纱,照面成碧。夏日,建兰、茉莉,芗泽浸人,沁入衣裾。重阳前后,移菊北窗下,菊盆五层,高下列之,颜色空明,天光晶映,如沉秋水。冬则梧叶落,蜡梅开,暖日晒窗,红炉毹毷③。以昆山石种水仙,列阶趾。春时,四壁下皆山兰,槛前芍药半亩,多有异本④。余解衣盘礴⑤,寒暑未尝轻出,思之如在隔世。

---

①晶沁:指亮光透入。

②罍:音léi,盛物的器具。

③毹毷:音tà dēng,指毛毯。

④异本:奇异的品种。

⑤解衣盘礴：指解开衣服张开腿而作，形容随意的样子。

砂罐锡注

宜兴罐，以龚春①为上，时大彬次之，陈用卿又次之。锡注②，以王元吉为上，归懋德次之。夫砂罐，砂也；锡注，锡也。器方脱手，而一罐一注价五六金，则是砂与锡与价，其轻重正相等焉，岂非怪事。然一砂罐、一锡注，直跻之商彝、周鼎③之列而毫无惭色，则是其品地也。

①龚春：即供春，明末著名制陶艺人。

②锡注：指锡制的，用于斟注的小壶。

③彝、鼎：古代祭祀用的鼎、尊等礼器。商彝周鼎是商周的青铜礼器，泛称极其珍贵的古董。

沈梅冈

沈梅冈先生忤①相嵩②，在狱十八年。读书之暇，旁攻匠艺，无斧锯，以片铁日夕磨之，遂铦利③。得香楠④尺许，琢为文具一，大匣三、小匣七、壁锁二，棕竹数片为篦⑤一，为骨十八，以笋、以缝、以键，坚密肉好，巧匠谢不能事。

夫人丐先文恭志公墓，持以为贽。文恭拜受之，铭其匣曰："十九年，中郎节⑥；十八年，给谏匣，节邪匣邪同一辙。"铭其箑曰："塞外毡，饥可餐⑦；狱中箑，尘莫干，前苏后沈名⑧班班。"梅冈制，文恭铭，徐文长书，张应尧镌，人称四绝，余珍藏之。

又闻其以粥炼土，凡数年，范为铜鼓者二，声闻里许，胜暹罗⑨铜。

---

①忤：音wǔ，逆，不顺从。

②相嵩：指奸相严嵩，官至太子太师。

③铦利：指锋利、锐利。铦，音xiān。

④香楠：双子叶植物。

⑤箑：音shà，扇子。

⑥十九年，中郎节：西汉时苏武以中郎将身份出使匈奴十九年，手持汉节，不忘汉朝。单于逼他投降，将其关入地窖，断绝饮食。苏武啖毡饮雪，始终没有变节。

⑦塞外毡，饥可餐：指苏武被断绝饮食，啖毡饮雪之事。

⑧前苏后沈：苏指苏武，沈指沈梅冈。

⑨暹罗：今泰国。

岣嵝山房①

岣嵝山房,逼山、逼溪、逼韬光路,故无径不梁,无屋不阁。门外苍松傲睨②,蓊以杂木,冷绿万顷,人面俱失。石桥低磴③,可坐十人。寺僧剞竹④引泉,桥下交交牙牙⑤,皆为竹邮。天启甲子,余键户其中者七阅月⑥,耳饱溪声,目饱清樾。山上下,多西栗、边笋,甘芳无比。邻人以山房为市,蓏果、羽族⑦日致之,而独无鱼。乃潴溪为壑⑧,系巨鱼数十头。有客至,辄取鱼给鲜。日晡,必步冷泉亭、包园、飞来峰。

一日,缘溪走看佛像,口口骂杨髡⑨。见一波斯坐龙象,蛮⑩女四五献花果,皆裸形,勒石志之,乃真伽像也。余椎落其首,并碎诸蛮女,置溺溲处以报之。寺僧以余为椎佛也,咄咄作怪事,及知为杨髡,皆欢喜赞叹。

---

①岣嵝山房:在杭州灵隐韬光山下。

②睨:音nái,乳。

③磴:山上的台阶。

④剞竹:从中间掏空竹子。

⑤交交牙牙:错杂的样子。

⑥键户:闭门不出。

⑦七阅月:过个七个月。阅,经过。

⑧蓏:音luǒ,瓜果。

⑨羽族：禽类。

⑩潴溪为壑：拦溪蓄水，让它成为水坑。潴，音zhū。

⑪杨髡：即杨琏真加，元代西藏僧人。至元二十九年（1292），他与其他僧人勾结，大量盗挖宋代帝王、诸侯的寝陵。

三世藏书

余家三世积书三万余卷。大父诏余曰："诸孙中惟尔好书，尔要看者，随意携去。"余简太仆、文恭、大父丹铅①所及，有手泽者②存焉，汇以请，大父喜，命舁去，约二千余卷。崇正乙丑，大父去世，余适往武林，父叔及诸弟、门客、匠指③、臧获④、巢婢辈乱取之，三代遗书，一日尽失。

余自垂髫⑤聚书四十年，不下二万卷。乙酉避兵入剡，略携数簏随行，而所存者，为方兵所据，日裂以吹烟，并舁至江干，籍甲内，挡箭弹，四十年所积，亦一日尽失。此吾家书运，亦复谁尤。

余因叹古今藏书之富，无过隋、唐。隋嘉则殿分三品，有红琉璃、绀琉璃、漆轴之异。殿垂锦幔，绕刻飞仙。帝幸书室，践暗机，则飞仙收幔而上，橱扉自启；帝出，闭如初。隋之书计三十七万卷。唐迁内库书于东宫丽正殿，置修文、著作两院学士，得通籍⑥出入。太府月给蜀都麻纸五千番，季给上谷墨三百三十六丸，岁给河间、景城、清河、博平四郡兔千五百皮为笔，以甲、乙、丙、丁为次。唐之书计二十万八千卷。我明中秘书不可胜计，即《永乐大典》一书，亦堆积数库焉。余书直九牛一毛耳，何足数哉。

---

①丹铅：指点勘书籍用的朱砂和铅粉。此处指校订。

②手泽：先人或前辈的遗墨。

③藏获：奴婢。

④通籍：古代出入宫时将写有姓名、年龄、身份的竹片挂在门外，以备核对。

⑤垂髫：指儿童或童年。

卷三

丝　社

越中琴客不满五六人，经年不事操缦①，琴安得佳？余结丝社，月必三会之。有小檄曰：

"中郎音癖，《清溪弄》三载乃成②；贺令神交，《广陵散》千年不绝③。器由神以合道，人易学而难精。幸生岩壑之乡，共志丝桐之雅。清泉磐石，援琴歌《水仙》之操，便足怡情；涧响松风，三者皆自然之声，正须类聚。偕我同志，爰立琴盟，约有常期，宁虚芳日。杂丝和竹，用以鼓吹清音；动操鸣弦，自令众山皆响。非关匣里，不在指头，东坡老④方是解人⑤；但识琴中，无劳弦上，元亮辈正堪佳侣。既调商角⑥，翻信肉⑦不如丝；谐畅风神，雅羡心生于手。从容秘玩，莫令解秽于花奴；抑按盘桓，敢谓倦生于古乐。共怜同调之友声，用振丝坛之盛举。"

---

①操缦：操弄琴弦。

②中郎音癖，《清溪弄》三载乃成：典出《太平御》："蔡邕，字伯喈，陈留人。性沉审，志好琴道，以嘉平元年入清溪访鬼谷先生所居。山五曲曲有幽居灵迹。每一曲制一弄，三年曲成。出呈马融、王元董卓等异之。"

③贺令神交，《广陵散》千年不绝：典出《幽明录》："会稽贺思令善弹琴，尝夜在月中坐，临风抚奏。忽有一人，形器甚伟，著械有惨色，至其中许称善，便与共语。自云是嵇中散。谓贺云：'卿下手极快，但于古法未合'因授以《广陵散》。贺因得之，于今不绝。"

④东坡老：即苏轼（1037—1101），字子瞻，号东坡居士，眉山（今四川眉山）人。与父亲苏洵、弟弟苏辙，合称"三苏"，是"唐宋八大家之一。"

⑤解人：善解人意的人。《世说新语·文学》"非但能言人不可得，正索解人亦不得。"

⑥商角：在这里泛指音乐。

⑦肉：歌喉，代指唱歌。

南镇祈梦①

万历壬子②，余年十六，祈梦于南镇梦神之前，因作疏曰：

"爱自混沌谱中，别开天地；华胥国里，早见春秋。梦两楹，梦赤舄③，至人不无；梦蕉鹿，梦轩冕④，痴人敢说。惟其无想无因，未尝梦乘车入鼠穴，捣齑⑤啖铁杵；非其先知先觉，何以将得位梦棺器，得财梦秽矢。正在恍惚之交，俨若神明之赐。某也蹩躠偃潴，轩鬻樊笼，顾影自怜，将谁以告？为人所玩，吾何以堪。一鸣惊人，赤壁鹤耳？局促辕下，南柯蚁⑥耶？得时则驾，渭水熊耶？半榻蘧除，漆园蝶耶⑦？神其诏我，或寝或吪；我得先知，何从何去。择此一阳之始，以祈六梦之正。功名志急，欲搔首而问天；祈祷心坚，故举头以抢地。轩辕氏⑧圆梦鼎湖，已知一字而有一验；李卫公上书西岳，可云三问而三不灵。肃此以闻,惟神垂鉴。"

---

①南镇祈梦:绍兴习俗除夕之夜,民众到南镇殿内夜宿,据说梦中所占吉凶,十分灵验。

②壬子:即明神宗四十年(1612)。

③赤舄:古代天子、诸侯所穿的鞋。

④轩冕:原指古时大夫以上官员的车乘和冕服,后引申为借指官位爵禄,国君或显贵者,泛指为官。

⑤齑:捣碎的姜蒜韭菜等。

⑥南柯蚁:化用"南柯一梦"的典故。淳于棼经过一番游历之后,发现自己不过是在蚁穴中,见唐李公佐《南轲太守传》。

⑦半榻蘧蘧,漆园蝶耶:典出《庄子·齐物论》:"者者庄周梦为胡蝶,栩栩然胡蝶也。自喻适志与,不知周也。俄然觉,则蘧蘧然周边。不知周之梦为胡蝶与胡蝶之梦为周与?周与胡蝶则必有分矣。此之谓物化。"蘧,音qú,惊喜的样子。

⑧轩辕氏:黄帝。传说中的上古帝王,因生于轩辕之丘,故称轩辕氏。

禊　泉①

惠山泉②不渡钱塘,西兴脚子③挑水过江,喃喃作怪事。有缙绅先生造大父,饮茗大佳,问曰:"何地水?"大父曰:"惠泉水。"缙绅先生顾其价④曰:"我家逼近卫

园蔬荐村酒戏作

身入今年老，
囊从早岁空。
元无击鲜事，
常作啜粥翁。
菹有秋菘白，
羹惟野苋红。
何人万钱箸，
一笑对西风。

——（宋）陆游

前,而不知打水吃,切记之。"董日铸先生常曰:"浓、热、满三字尽茶理,陆羽《经》可烧也。"两先生之言,足见绍兴人之朴之朴。

余不能饮潟⑤卤,又无力递惠山水。甲寅夏,过斑竹庵,取水啜之,磷磷有圭角,异之。走看其色,如秋月霜空,噀⑥天为白;又如轻岚出岫,缭松迷石,淡淡欲散。余仓卒见井口有字划,用帚刷之,"禊泉"字出,书法大似右军,益异之。试茶,茶香发。新汲少有石腥,宿三日,气方尽。辨禊泉者无他法,取水入口,第桥舌舐腭,过颊即空,若无水可咽者,是为禊泉。好事者信之,汲日至,或取以酿酒,或开禊泉茶馆,或瓮而卖及馈送有司。董方伯守越,饮其水,甘之,恐不给,封锁禊泉,禊泉名日益重。会稽陶溪、萧山北干、杭州虎跑⑦,皆非其伍,惠山差堪伯仲在蠡城⑧,惠泉亦劳而微热,此方鲜磊⑨,亦胜一筹矣。长年卤莽,水递不至其地,易他水,余辨之,置同伴,谓发其私。及余辨是某地某井水,方信服。昔人水辨淄、渑,侈为异事。诸水到口,实实易辨,何待易牙?余友赵介臣亦不余信,同事久,别余去,曰:"家下水实行口不得,须还我口去。"

---

①禊:音 xì,古代于春秋两季在水边举行的一种祭礼。

②惠山泉:相传经中国唐代陆羽亲品其味,故一名陆子泉,经乾隆御封为"天下第二泉",位于江苏省无锡市西郊惠山山麓锡惠公园内。

③西兴：古称固陵，今属浙江杭州滨州区。

④价：音jiè，似，随从。

⑤潟：盐碱地。

⑥噀：音xùn，喷，吐。

⑦虎跑：泉名，位于西湖湖西南大慈山白鹤峰下。

⑧蠡城：春秋越国都城，因范蠡而得名。

⑨鲜磊：指新鲜而子实累累。

兰雪茶

日铸①者，越王铸剑地也。茶味棱棱②，有金石之气。欧阳永叔曰："两浙之茶，日铸第一。"王龟龄曰："龙山瑞草，日铸雪芽。"日铸名起此。京师茶客，有茶则至，意不在雪芽也，而雪芽利之，一如京茶式，不敢独异。

三娥叔知松萝焙法，取瑞草试之，香扑冽。余曰："瑞草固佳，汉武帝食露盘，无补多欲；日铸茶薮③，'牛虽瘠，偾于豚上④'也。"遂募歙人入日铸。扚⑤法、掐法、挪法、撒法、扇法、炒法、焙法、藏法，一如松萝。他泉瀹⑥之，香气不出，煮禊泉，投以小罐，则香太浓郁。杂入茉莉，再三较量，用敞口瓷瓯淡放之，候其冷；以旋滚汤冲泻之，色如竹箨⑦方解，绿粉初匀；又如山窗初曙，透纸黎光。取清妃白，倾向素瓷，真如百茎素兰同雪涛并泻也。雪芽得其色矣，未得其气，余戏呼之"兰雪"。

四五年后，"兰雪茶"一哄如市焉。越之好事者不食松萝，止食兰雪。兰雪则食，以松萝而纂兰雪者亦食，盖松萝贬声价俯就兰雪，从俗也。乃近日徽歙间松萝亦名兰雪，向以松萝名者，封面系换，则又奇矣。

---

①日铸：山名，在今浙江绍兴。以产茶著称，所产之茶以"日铸"为名，又称"日注茶""日铸雪芽"。

②棱棱：形容茶叶重浊不滑。

③茶薮：茶叶聚集的地方。薮，音 sǒu。

④牛虽瘠，偾于豚上：语出《左传·昭公十三年》："牛虽瘠，偾于豚上，其畏不死？"偾，音 fèn，扑倒，压垮。

⑤扚：音 dí，按压。

⑥瀹：煮。

⑦竹箨：笋壳。箨，音 tuò。

白洋①潮

故事，三江看潮，实无潮看。午后喧传曰："今年暗涨潮。"岁岁如之。戊寅八月，吊朱恒岳少师，至白洋，陈章侯、祁世培同席。海塘上呼看潮，余遄②往，章侯、世培踵至③。立塘上，见潮头一线，从海宁而来，直奔塘上。稍近,则隐隐露白,如驱千百群小鹅,擘④翼惊飞。渐近,喷沫,冰花蹴起,如百万雪狮蔽江而下,怒雷鞭之,万首镞链⑤,无敢后先。再近,则飓风逼之,势欲拍岸而上。看者辟易⑥,走避塘下。潮到塘,尽力一礴,水击射,溅起数丈,着面皆湿。旋卷而右,龟山一挡,轰怒非常,炮碎龙湫,半空雪舞。看之惊眩,坐半日,颜始定。先辈言:浙江潮头自龛、赭两山漱激而起。白洋在两山外,潮头更大,何耶?

---

①白洋:大致位置在今浙江绍兴安昌镇白洋村。

②遄:指快,急速。

③擘:音bò,张开,分开。

④辟易:后退,倒退。

⑤镞镞:通"簇簇",拥挤的样子。

⑥龙湫:瀑布名。湫,音qiū。

阳和泉

禊泉出城中,水递者①日至。臧获到庵借炊,索薪、索菜、索米,后索酒、索肉;无酒肉,辄挥老拳。僧苦之。无计脱此苦,乃罪泉,投之当秽。不已,乃决沟水败泉,泉大坏。张子知之,至禊井,命长年浚之。及半,见竹管积其下，皆黳②胀作气；竹尽，见刍秽③，又作奇臭。张子淘洗数次，俟泉至，泉实不坏，又甘冽。张子去，僧又坏之。不旋踵，至再、至三，卒不能救，禊泉竟坏矣。是时，食之而知其坏者半，食之不知其坏而仍食之者半，食之知其坏而无泉可食、不得已而仍食之者半。

壬申④，有称阳和岭玉带泉者，张子试之，空灵不及禊而清冽过之。特以玉带名不雅驯。张子谓阳和岭实为余家祖墓，诞生我文恭，遗风余烈，与山水俱长。昔孤山⑤泉出，东坡名之"六一"，今此泉名之"阳和"，至当不易。

盖生岭、生泉，俱在生文恭之前，不待文恭而天固已阳和之矣，夫复何疑！土人有好事者，恐玉带失其姓，遂勒石署之。且曰："自张志'禊泉'而'禊泉'为张氏有，今芭山⑥是其祖垄，擅之益易。立石署之，惧其夺也。"时有传其语者，阳和泉之名益著。

铭曰："有山如砺，有泉如砥；太史遗烈，落落磊磊⑦。孤屿溢流，六一擅之。千年巴蜀，实繁其齿；但言眉山，自属苏氏。"

---

①水递者：打水的人。

②黳：黑里带黄的颜色。

③刍秽：干草。

④壬申：即明崇祯五年（1632）。

⑤ 孤山：在杭州西湖。

⑥ 琵山：指杭州琵琶山。

⑦ 落落磊磊：指胸怀坦荡。

闵老子茶

周墨农向余道闵汶水茶不置口。戊寅①九月，至留都②，抵岸，即访闵汶水于桃叶渡③。日晡，汶水他出，迟其归，乃婆娑一老。方叙话，遽起曰："杖忘某所。"又去。余曰："今日岂可空去？"迟之又久，汶水返，更定矣。睨④余曰："客尚在耶？客在奚为者？"余曰："慕汶老久，今日不畅饮汶老茶，决不去。"

汶水喜，自起当炉。茶旋煮，速如风雨。导至一室，明窗净几，荆溪壶、成宣窑磁瓯十余种，皆精绝。灯下视茶色，与磁瓯无别，而香气逼人，余叫绝。余问汶水曰："此茶何产？"汶水曰："阆苑茶也。"余再啜之，曰："莫绐余⑤，是阆苑⑥制法，而味不似。"汶水匿笑曰："客知是何产？"余再啜曰："何其似罗岕甚也？"汶水吐舌曰："奇，奇。"余问："水何水？"曰："惠泉。"余又曰："莫绐余，惠泉走千里，水劳而圭角不动，何也？"汶水曰："不复敢隐。其取惠水，必淘井，静夜候新泉至，旋汲之。山石磊磊藉瓮底，舟非风则勿行，放水之生磊，即寻常惠水,犹逊一头地,况他水耶。"又吐舌曰:"奇,奇。"言未毕,汶水去。少顷,持一壶满斟余曰:"客啜此。"余曰:"香扑烈,味甚浑厚,此春茶耶?向瀹⑦者的⑧是秋采。"汶水大笑曰:"予年七十,精赏鉴者,无客比。"遂定交。

---

①戊寅:即明崇祯十一年(1638)。

②留都:古代五朝迁都之后,仍在旧都置官留守,故称留都。

③桃叶渡:在今江苏南京十里秦淮与古青溪水道合流处附近,为金陵四十八景之一。

④睨:音 nì,看。

⑤绐:骗。

⑥阆苑:也称阆风苑,传说中在昆仑山之巅,是西王母居住的地方。在诗中词中常用来泛指神仙居住的地方,有时也指帝王宫苑。阆,音 làng。

⑦瀹:煮。

⑧的:的确,确实。

龙喷池

卧龙骧首于耶溪,大池百仞,出其颔下。六十年内,陵谷迁徙,水道分裂。崇祯己卯①,余请太守檄,捐金纠,畚锸②千人,毁屋三十余间,开土壤二十余亩,辟除瓦砾纟秒千有余艘，伏道蜿蜒，堰潴澄靛③，克还旧观。昔之日不通线道者，今可肆行舟楫矣。喜而铭之，铭曰：

"蹴醒骊龙，如寐斯揭；不避逆鳞，扶其鲠噎④。潴蓄澄泓，煦湿濡沫。夜静水寒，颔珠如月。风雷逼之，扬鬐鼓⑤鬣鬐。"

①己卯：即明崇祯十二年（1639）。

②畚锸：音běn chā，泛指挖运泥土的用具，此处代指修河的民工。

③澄靛：清澈。

④不避逆鳞；扶其鲠噎：民间传说，龙的喉下有经尺逆鳞，凡触犯逆鳞者，会被杀死。这里指疏通水道。

⑤鬐、鬣：龙颈及颔旁的鬃毛。

朱文懿家桂

桂以香山①名，然覆墓木耳，北邙萧然，不堪久立。单醪河钱氏二桂，老而秃。独朱文懿公宅后一桂，干大如斗，枝叶觊觎②，樾荫③亩许，下可坐客三四十席。不亭、不屋、不台、不栏、不砌，弃之篱落间。花时不许人入看，而主人亦禁足勿之往，听其自开自谢已耳。樗栎④以不材终其天年，其得力全在弃也。百岁老人多出蓬户，子孙第厌其癃痼⑤耳，何足称瑞。

①香山：在江苏吴县西南，相传是吴王种乡处，下有采香径。

②覭髳：音 míng méng，树叶茂密的样子。

③樾荫：林荫。樾，音 yuè。

④樗和栎指两种树名：古人认为这两种树的质地都不好，不能成材。

⑤癃瘇：音 lóng zhǒng，手脚不灵便。

逍遥楼

滇茶故不易得，亦未有老其材八十余年者。朱文懿公逍遥楼滇茶，为陈海樵先生手植，扶疏蓊翳①，老而愈茂。诸文孙恐其力不胜葩，岁删其萼②盈斛，然所遗落枝头，犹自燔山熠谷③焉。

文懿公，张无垢后身。无垢降乩④与文懿，谈宿世因甚悉，约公某日面晤于逍遥楼。公伫立久之，有老人至，剧谈良久，公殊不为意。但与公言："柯亭绿竹庵梁上有残经一卷，可了之。"寻别去，公始悟老人为无垢。次日，走绿竹庵，简梁上，有《维摩经》⑤一部，缮写精良，后二卷未竟，盖无垢笔也。公取而续书之，如出一手。先君言乩仙供余家寿芝楼，悬笔挂壁间，有事辄自动，扶下书之，有奇验。娠祈子，病祈药，赐丹诏取某处，立应。先君祈嗣，诏取丹于某簏临川笔内，簏失钥闭久，先君简视之，横自出觚管中，有金丹一粒，先宜人吞之，即娠余。朱文懿公有姬腾，陈夫人狮子吼，公苦之。祷于仙，求化妒丹。乩书曰："难，难！丹在公枕内。"取以进夫人，夫人服之，语人曰："老头子有仙丹，不饷诸婢，而余是饷，尚眤余⑥。"与公相好如初。

---

①蓊蔚：草木茂盛的样子。

②葶：花。

③燔山熠谷：形容茶花红艳耀眼，茶树看起来像在山谷燃烧的山与谷。燔，音 fán；熠，音 yì。

④乩：一种通过占卜来问吉凶的算命方式。

⑤《维摩经》：佛教经典，全名为《维摩诘所说经》，又称《维摩诘经》，共三卷十四品，通行本由后秦鸠摩罗什所译。

天镜园

天镜园浴凫堂，高槐深竹，樾暗千层，坐对兰荡，一泓漾之，水木明瑟，鱼鸟藻荇，类若乘空。余读书其中，扑面临头，受用一绿，幽窗开卷，字俱碧鲜。

每岁春老①，破塘笋必道此。轻舠②飞出，牙人择顶大笋一株掷水面，呼园人曰："捞笋！"鼓枻③飞去。园丁划小舟拾之，形如象牙，白如雪，嫩如花藕，甜如蔗霜。煮食之无可名言，但有惭愧。

---

①春老：暮春时节。

②轻舠：轻快的小舟。舠，音dāo。

③枻：船桨。

包涵所

西湖之船有楼，实包副使涵所创为之。大小三号：头号置歌筵，储歌童；次载书画；再次侍①美人。涵老以声妓非侍妾比，仿石季伦、宋子京家法，都令见客。常靓妆走马，婆娑勃窣②，穿柳过之，以为笑乐。明槛绮疏③，曼讴④其下，撇簫⑤弹筝，声如莺试。客至则歌童演剧，队舞鼓吹，无不绝伦。乘兴一出，住必浃旬⑥，观者相逐，问其所止。

南园在雷峰塔下，北园在飞来峰下。两地皆石薮，积牒磊砢⑦，无非奇峭，但亦借作溪涧桥梁，不于山上叠山，大有文理。大厅以拱斗抬梁，偷其中间四柱，队舞狮子甚畅。北园作八卦房，园亭如规，分作八格，形如扇面。当其狭处，横亘一床，帐前后开合，下里帐则床向外，下外帐则床向内。涵老据其中，肩上开明窗，焚香倚枕，则八床面面皆出。穷奢极欲，老于西湖者二十年。金谷、郿坞，着一毫寒俭不得，索性繁华到底，亦杭州人所谓"左右是左右"也。西湖大家，何所不有，西子有时亦贮金屋。咄咄书空⑧，则穷措大耳。

---

①偫：音zhì，储藏。

②謦姗勃窣：行走缓慢的样子。

③明槛：轩前的栏杆。

④曼讴：轻歌曼舞。

⑤撇箫：演奏乐器。

⑥浃旬：一旬，十天。浃，音jiā。

⑦积牒磊砢：很多石头堆起一起的样子。

⑧咄咄书空：失意、怀恨的样子。

斗鸡社

天启壬戌①间好斗鸡，设斗鸡社于龙山下，仿王勃②《斗鸡檄》，檄同社。仲叔、秦一生日携古董、书画、文锦、川扇等物与余博，余鸡屡胜之。仲叔忿懑，金其距，介其羽，凡足以助其膊脯敹味③者，无遗策。又不胜。人有言徐州武阳侯樊哙④子孙，斗鸡雄天下，长颈乌喙，能于高桌上啄粟。仲叔心动，密遣使访之，又不得，益忿懑⑤。

一日，余阅稗史，有言唐玄宗以酉年酉月生，好斗鸡而亡其国。余亦酉年酉月生，遂止。

---

①壬戌：即明天启二年（1622）。

②王勃（650—675）：字子安，与杨炯、卢照邻、骆宾王并称"初唐四杰"。

③膑脯敫咮：音bì bó zhú zhòu，鸡叫的声音。

④樊哙：（？—前189），沛县（今江苏沛县）人。西汉开国功臣，被封舞阳侯。

⑤忿懑：愤怒。懑，音mèn。

栖 霞

戊寅冬，余携竹兜一、苍头一，游栖霞，三宿之。山上下左右、鳞次而栉比①之岩石颇佳，尽刻佛像，与杭州飞来峰同受黥劓②，是大可恨事。山顶怪石巉岏③，灌木苍郁，有颠僧住之。与余谈，荒诞有奇理，惜不得穷诘之。日晡，上撮山顶观霞，非复霞理，余坐石上痴对。复走庵后，看长江帆影，老鹳河、黄天荡，条条出麓下，悄然有山河辽廓之感。

一客盘礴④余前，熟视余，余晋与揖，问之，为萧伯玉先生。因坐与剧谈，庵僧设茶供。伯玉问及补陀⑤，余适以是年朝海归，谈之甚悉。《补陀志》方成，在箧氏，出示伯玉，伯玉大喜，为余作叙。取火下山，拉与同寓宿，夜长，无不谈之，伯玉强余再留一宿。

---

①鳞次而栉比：多用采形容排列很密很整齐。
②黥劓：音 qíng yì，古代刑罚的名称。黥，是墨刑；劓，是割鼻刑。这里指对山石风景的破坏。
③巉岏：音 chán wán，山石险峻、高耸。
④盘礴：比较随意的样子。
⑤补陀：即普陀山，全名补陀落迦山，在今浙江普陀，为佛教四大名山之一。

湖心亭看雪

崇祯五年十二月，余住西湖。大雪三日，湖中人鸟声俱绝。是日更定矣，余拏①一小舟，拥毳衣②炉火，独往湖心亭看雪。雾凇沆砀③，天与云、与山、与水，上下一白。湖上影子，惟长堤一痕④，湖心亭一点，与余舟一芥，舟中人两三粒而已。

到亭上，有两人铺毡对坐，一童子烧酒，炉正沸。见余大惊喜，曰："湖中焉得更有此人！"拉余同饮。余强饮三大白而别。问其姓氏，是金陵人，客此。及⑤下船，舟子喃喃曰："莫说相公痴，更有痴似⑥相公者。"

①拏：音ná，这里指划船的意思。

②毳衣：用皮毛做的衣服。毳，音cuì，鸟兽的细毛。

③沆砀：白气弥漫的样子。

④长堤一痕：形容西湖长堤在雪中只隐隐露出一道痕迹。

⑤及：等到。

⑥痴似：痴于，痴过，本文为痴迷的意思。

陈章侯

崇祯己卯八月十三，侍南华老人饮湖舫，先月早归。章侯怅怅①向余曰："如此好月，拥被卧耶？"余敦苍头携家酿斗许，呼一小划船再到断桥，章侯独饮，不觉沾醉。过玉莲亭，丁叔潜呼舟北岸，出塘栖蜜桔相饷，畅啖之。章侯方卧船上嚎嚣②。岸上有女郎，命童子致意云："相公船肯载我女郎至一桥否？"余许之。女郎欣然下，轻绔淡弱，婉瘱③可人。章侯被酒挑之曰："女郎侠如张一妹，能同虬髯客④饮否？"女郎欣然就饮。移舟至一桥，漏二下矣，竟倾家酿而去。问其住处，笑而不答。章侯欲蹑⑤之，见其过岳王坟⑥，不能追也。

①怅怅：失意的样子。

②嚎器：大声喊叫。

③婉嫕：温顺娴静。嫕，音yì。

④虬髯客：风尘三侠之一，本名张仲坚。据说他原是扬州首富张季龄之子，出生时父嫌丑欲杀之。

⑤蹑：追踪，跟随。

⑥岳王坟：在今浙江杭州，建于南宋嘉定十四年（1221）。

卷四

不系园[①]

甲戌十月，携楚生住不系园看红叶。至定香桥，客不期而至者八人：南京曾波臣、东阳赵纯卿、金坛彭天锡、诸暨[②]陈章侯，杭州杨与民、陆九、罗三，女伶陈素芝。余留饮。章侯携缣素[③]为纯卿画古佛，波臣为纯卿写照，杨与民弹三弦子，罗三唱曲，陆九吹箫。与民复出寸许界尺，据小梧[④]，用北调说《金瓶梅》一剧，使人绝倒。

是夜，彭天锡与罗三、与民串本腔戏，妙绝；与楚生、素芝串调腔戏[⑤]，又复妙绝。章侯唱村落小歌，余取琴和之，牙牙如话。纯卿笑曰："恨弟无一长以侑兄辈酒。"余曰："唐裴将军旻居丧，请吴道子画天宫壁度亡母。道子曰：'将军为我舞剑一回，庶因猛厉，以通幽冥。'旻脱缞衣缠结，上马驰骤，挥剑入云，高十数丈，若电光下射，执鞘承之，剑透室而入，观者惊栗。道子奋袂如风，画壁立就。章侯为纯卿画佛，而纯卿舞剑，正今日事也。"纯卿跳身起，取其竹节鞭，重三十斤，作胡旋舞数缠，大嚄而去。

---

①不系园：明末富商汪然明在西湖建造的游船，得名于《庄子·列御寇》。

②诸暨：越国故地，浙江省中北部。

③缣素：供定字绘画用的白色丝绢。缣，音 jiān。

④小梧：木头做的支架。

⑤调腔戏：明末流行于杭州、绍兴一带的剧种。

秦淮河房

秦淮河①河房②,便寓,便交际,便淫冶,房值甚贵,而寓之者无虚日。画船箫鼓,去去来来,周折其间。河房之外,家有露台,朱栏绮疏,竹帘纱幔。夏月浴罢,露台杂坐。两岸水楼中,茉莉风起,动儿女香甚。女客团扇轻纨,缓鬓倾髻③,软媚着人。

年年端午,京城士女填溢之看灯船。好事者集小篷船百什艇,篷上挂羊角灯如联珠,船首尾相衔,有连至十余艇者。船如烛龙火蜃,屈曲连蜷,蟠委④旋折,水火激射。舟中鏾钹星铙⑤,宴歌弦管,腾腾如沸。士女凭栏轰笑,声光乱乱,耳目不能自主。午夜,曲倦灯残,星星自散。钟伯敬有《秦淮河灯船赋》,备极形致。

---

①在南京:秦时所开,故名。旧时两岸多歌台舞榭,为冶游之地。

②河房:河边的房屋。

③缓鬓倾髻:一种假髻,比较随便,髻上的装饰也没有蔽髻那样复杂。

④蟠委:环绕。

⑤鏾钹星铙:指乐器。

兖州阅武

辛未三月,余至兖州,见直指①阅武。马骑三千,步兵七千,军容甚壮。马蹄卒步,滔滔旷旷②,眼与俱驶,猛掣始回。

其阵法奇在变换,旍动③而鼓,左抽右旋,疾若风雨。阵既成列,则进图直指前,立一牌曰:"某阵变某阵"。连变十余阵,奇不在整齐而在便捷。扮敌人百余骑,数里外烟尘坌起。逊卒五骑,小如黑子,顷刻驰至,入辕门报警。建大将旗鼓,出奇设伏。敌骑突至,一鼓成擒,俘献中军。内以姣童扮女三四十骑,荷旃④被毳,绣袪⑤魋结⑥,马上走解,颠倒横竖,借骑翻腾,柔如无骨。奏乐马上,三弦、胡拨琥珀词四、上儿密失、乂儿机,傈休兜离⑦,罔不毕集,在直指筵前供唱,北调淫俚,曲尽其妙。是年,参将罗某,北人,所扮者皆其歌童外宅,故极姣丽,恐易人为之,未必能尔也。

---

①直指:直指使者,又称绣衣直指或直指绣衣使者,朝廷直接派往地方巡视,处理政务的官员。

②滔滔旷旷:广大的样子。

③旍:音 jīng,同旌。

④旃:毡子。

⑤袪:衣袖。

⑥雒结：结成锥形的髻。

⑦僸佅兜离：泛指古代少数民族音乐。

牛首山打猎

戊寅冬，余在留都，同族人隆平侯与其弟勋卫、甥赵忻城、贵州杨爱生、扬州顾不盈、余友吕吉士、姚简叔、姬侍王月生、顾眉、董白、李十、杨能，取戎衣衣客，并衣姬侍。姬侍服大红锦狐嵌箭衣①、昭君套，乘款段马，鞲②青骹③，绁韩卢，统箭手百余人，旗帜棍棒称是，出南门，校猎于牛首山前后，极驰骤纵送之乐。得鹿一、麂三、兔四、雉三、猫狸七。看剧于献花岩，宿于祖茔。次日午后猎归，出鹿麂④以飨士，复纵饮于隆平家。江南不晓猎较为何事，余见之图画戏剧，今身亲为之，果称雄快。然自须勋戚豪右为之，寒酸不办也。

①箭衣：射箭时穿的一种紧袖服装，袖口上长下短，便于射。

②鞲：皮制臂套，猎鹰在其上。

③青骹：一种青腿的猎鹰。

④麂：形体较小的鹿种。

杨神庙台阁

　　枫桥杨神庙,九月迎台阁。十年前迎台阁,台阁而已。自骆氏兄弟主之,一以思致文理为之。扮马上故事二三十骑,扮传奇一本,年年换,三日亦三换之。其人与传奇中人必酷肖方用,全在未扮时,一指点为某似某,非人人绝倒者不之用。迎后,如扮胡琏①者,直呼为胡琏,遂无不胡琏之,而此人反失其姓。人定,然后议扮法,必裂缯为之。果其人其袍铠须某色、某缎、某花样,虽匹锦数十金不惜也。一冠一履,主人全副精神在焉。诸友中有能生造刻画者,一月前礼聘至,匠意为之,唯其使。装束备,先期扮演,非百口叫绝又不用。故一人一骑,其中思致文理,如玩古董名画,一勾一勒,不得放过焉。土人有小小灾祲,辄以小白旗一面,到庙禳之,所积盈库。是日以一竿穿旗三四,一人持竿三四走神前,长可七八里,如几百万白蝴蝶,回翔盘礴在山坳树隙。四方来观者数十万人。市枫桥下,亦摊亦篷。台阁上马上有金珠宝石堕地,拾者如有物凭焉不能去,必送还神前。其在树丛田坎间者,问神,辄示其处,不或爽。

---

①胡桩:南宋官吏。历仕迪功郎、吉州万安主簿、御史,出使高丽。

雪 精

外祖陶兰风先生，倅①寿州，得白骡，蹄跲都白，日行二百里，畜署中。寿州人病噎膈②，辄取其尿疗之。凡告期，乞骡尿状常十数纸。外祖以木香沁其尿，诏百姓来取。后致仕③归，捐馆，舅氏鬵轩解骖赠余。余豢之十年许，实未尝具一日草料，日夜听其自出觅食，视其腹未尝不饱，然亦不晓其何从得饱也。天曙，必至门祗候，进厩候驱策，至午勿御，仍出觅食如故。后渐跋扈难御，见余则驯服不动，跨鞍去如箭，易人则咆哮蹄啮，百计鞭策之不应也。一日，与风马争道城上，失足堕濠堑死，余命葬之，谥之曰"雪精"。

---

①倅：担任州县官员的副职。
②噎膈：饮食不下或食入即吐的病症。
③致仕：退休。

严助庙

陶堰司徒庙，汉会稽太守严助庙也。岁上元设供，任事者聚族谋之终岁。凡山物惟惟虎、豹、麋鹿、獾猪之类，海物噩噩①江豚、海马、鲟黄、沙鱼之类，陆物痴痴②猪必三百斤，羊必二百斤，一日一换。鸡、鹅、凫、鸭之属，不极肥，不上贡，水物哈哈（凡虾、鱼、蟹、蚌之类，无不鲜活，羽物毨毨③孔雀、白鹇、锦鸡、白鹦鹉之属，即生供之，毛物毪毪白鹿、白兔、活貂鼠之属，亦生供之，泊非地闽鲜荔枝、圆眼、北苹婆果、沙果、文官果之类、非天桃、梅、李、杏、杨梅、枇杷、樱桃之属，收藏如新撷、非制熊掌、猩唇、豹胎之属、非性酒醉、蜜饯之类、非理云南蜜唧、峨眉雪蛆之类、非想天花龙蛋、雕镂瓜枣、捻塑米面之类之物，无不集。庭实之盛，自帝王宗庙社稷坛墠所不能比隆者。

十三日，以大船二十艘载盘轳，以童崽扮故事，无甚文理，以多为胜。城中及村落人，水逐陆奔，随路兜截转折，谓之"看灯头"。五夜，夜在庙演剧，梨园必倩越中上三班，或雇自武林者，缠头日数万钱，唱《伯喈》④《荆钗》，一老者坐台下对院本，一字脱落，群起噪之，又开场重做。越中有"全伯喈""全荆钗"之名起此。天启三年，余兄弟携南院王岑、老串杨四、徐孟雅、圆社河南张大来辈往观之。到庙蹴踘，张大来以"一丁泥""一串珠"名世。球着足，浑身旋滚，一似粘巂有胶、提掇有线、穿插有孔者，人人叫绝。剧至半，王岑扮李三娘，杨四扮火工窦老，徐孟雅扮洪一嫂，马小卿十二岁扮咬脐，串《磨房》《撇池》《送子》《出猎》四出。科诨曲白，妙入筋髓，又复叫绝。遂解维归。戏场气夺⑤，锣不得响，灯不得亮。

①噩噩:肥腴。

②痴痴:肥美。

③毵毵:羽毛丰满整齐。毵,音xiān。

④《伯喈》:指元人高明的《琵琶记》,主人公蔡伯喈。

⑤气夺:勇气丧失,这里指观众受到震惊,不敢喧哗。

乳 酪

乳酪自驵侩①为之,气味已失,再无佳理。余自豢一牛,夜取乳置盆盎,比晓,乳花簇起尺许,用铜铛煮之,瀹兰雪汁,乳斤和汁四瓯,百沸之。玉液珠胶,雪腴霜腻,吹气胜兰,沁入肺腑,自是天供。或用鹤觞②、花露入甑③蒸之,以热妙;或用豆粉搀和,漉之成腐,以冷妙。或煎酥,或作皮,或缚饼,或酒凝,或盐腌,或醋捉,无不佳妙。而苏州过小拙和以蔗浆霜,熬之、滤之、钻之、掇之、印之,为带骨鲍螺,天下称至味。其制法秘甚,锁密房,以纸封固,虽父子不轻传之。

①驵侩:牲畜交易的中间人,泛指商人、市侩。

②鹤觞:酒名。语出北魏杨炫之《洛阳伽蓝记·法云寺》。

③甑:音zèng,汉族古代的蒸食用具。

二十四桥①风月

广陵二十四桥风月,邗沟②尚存其意。渡钞关,横亘半里许,为巷者九条。巷故九,凡周旋折旋于巷之左右前后者,什百之。巷口狭而肠曲,寸寸节节,有精房密户,名妓、歪妓③杂处之。名妓匿不见人,非向道莫得入。歪妓多可五六百人,每日傍晚,膏沐熏烧,出巷口,倚徙盘礴于茶馆、酒肆之前,谓之"站关"。茶馆、酒肆、岸上纱灯百盏,诸妓掩映闪灭于间,疤鳖④者帘,雄趾者阃⑤。灯前月下,人无正色,所谓"一白能遮百丑"者,粉之力也。游子过客,往来如梭,摩睛相觑,有当意者,逼前牵之去,而是妓忽出身分,肃客先行,自缓步尾之。至巷口,有侦伺者,向巷门呼曰:"某姐有客了!"内应声如雷。火燎即出,一一俱去,剩者不过二三十人。

沉沉二漏,灯烛将烬,茶馆黑魆无人声。茶博士⑥不好请出,惟作呵欠,而诸妓醵钱⑦向茶博士买烛寸许,以待迟客。或发娇声,唱《劈破玉》等小词;或自相谑浪嘻笑,故作热闹,以乱时候。然笑言哑哑声中,渐带凄楚。夜分不得不去,悄然暗摸如鬼,见老鸨,受饿、受笞,俱不可知矣。

余族弟卓如,美须髯,有情痴,善笑,到钞关,必狎妓,向余噱曰:"弟今日之乐,不减王公。"余曰:"何谓也?"曰:"王公大人侍妾数百,到晚耽耽望幸,当御者亦不过一人。

弟过钞关,美人数百人,目挑心招,视我如潘安。弟颐指气使,任意拣择,亦必得一当意者呼而侍我。王公大人,岂遂过我哉!"复大噱⑧,余亦大噱。

---

①二十四桥:在今江苏扬州市内。

②邗沟:联系长江和淮河的古运河,南起扬州以南的长江,北至淮安以北的淮河。

③歪妓:一般妓女。

④疤疢:皮肤有疤痕。

⑤阈:音yù,门槛。

⑥茶博士:旧时茶店伙计的雅号。

⑦醵钱:凑钱。醵,音jù。

⑧噱:音xuē,笑。

世美堂灯

儿时跨苍头颈①,犹及见王新建灯。灯皆贵重华美,珠灯料丝无论,即羊角灯亦描金细画,缨络罩之。悬灯百盏,尚须秉烛而行,大是闷人。余见《水浒传》"灯景诗"有云:"楼台上下火照火,车马往来人看人。"已尽灯理。余谓灯不在多,总求一亮。余每放灯,必用如椽大烛,专令数人剪卸烬②煤,故光迸重垣,无微不见。

十年前,里人有李某者,为闽中二尹,抚台委其造灯,选雕佛匠，穷工极巧，造灯十架，凡两年，灯成，而抚台已物故，携归藏椟中。又十年许，知余好灯，举以相赠，余酬之五十金，十不当一，是为主灯。遂以烧珠、料丝、羊角、剔纱诸灯辅之。

而友人有夏耳金者，剪采为花，巧夺天工，罩以冰纱，有烟笼芍药之致。更用粗铁线界划规矩，匠意出样，剔纱为蜀锦，墁③其界地，鲜艳出人。耳金岁供镇神，必造灯一盏，灯后，余每以善价购之。余一小傒善收藏，虽纸灯亦十年不得坏，故灯日富。又从南京得赵士元夹纱屏及灯带数副，皆属鬼工，决非人力。灯宵，出其所有，便称胜事。

鼓吹弦索，厮养臧获④，皆能为之。有苍头善制盆花，夏间以羊毛炼泥墩，高二尺许，筑"地涌金莲"，声同雷炮，花盖亩余。不用煞拍鼓铙，清吹唢呐应之，望花缓急为唢呐缓急，望花高下为唢呐高下。灯不演剧，则灯意不酣；然无队舞鼓吹，则灯焰不发。余敕小傒串元剧四五十本。演元剧四出，则队舞一回，鼓吹一回，弦索一回。其间浓淡、繁简、松实之妙，全在主人位置。使易人易地为之，自不能尔尔。故越中夸灯事之盛，必曰"世美堂灯"。

---

①跨苍头颈：骑在男仆的脖子上。

②烬：烧尽。

③墁：涂抹，粉饰。

④厮养臧获：干杂货的奴役。

宁了①

大父母②喜豢珍禽:舞鹤三对、白鹇③一对,孔雀二对,吐绶鸡一只,白鹦鹉、鹩哥、绿鹦鹉十数架。一异鸟名"宁了",身小如鸽,黑翎如八哥,能作人语,绝不含糊。大母呼媵婢④,辄应声曰:"某丫头,太太叫!"有客至,叫曰:"太太,客来了,看茶。"有一新娘子善睡,黎明辄呼曰:"新娘子,天明了,起来吧。太太叫,快起来。"不起,辄骂曰:"新娘子,臭淫妇,浪蹄子。"新娘子恨甚,置毒药杀之。"宁了"疑即"秦吉了",蜀叙州出,能人言。一日夷人⑤买去,惊死,其灵异酷似之。

---

①宁了:鸟名。

②大父母:祖父母。

③白鹇:又名白雉,属于大型鸡类。

④媵婢:音yìng bì,随嫁的婢妾。

⑤夷人:少数民族的一种。

张氏声伎

谢太傅①不畜声伎②,曰:"畏解,故不畜③。"王右军曰:"老年赖丝竹陶写,恒恐儿辈觉。"曰"解",曰"觉",

古人用字深确。盖声音之道入人最微,一解则自不能已,一觉则自不能禁也。

我家声伎,前世无之,自大父于万历年间与范长白、邹愚公、黄贞父、包涵所诸先生讲究此道,遂破天荒为之。有"可餐班",以张彩、王可餐、何闰、张福寿名;次则"武陵班",以何韵士、傅吉甫、夏清之名;再次则"梯仙班",以高眉生、李岕生、马蓝生名;再次则"吴郡班",以王畹生、夏汝开、杨啸生名;再次则"苏小小班",以马小卿、潘小妃名;再次则平子"茂苑班",以李含香、顾岕竹、应楚烟、杨骎骎名。

主人解事日精一日,而僸童技艺亦愈出愈奇。余历年半百,小僸自小而老、老而复小、小而复老者,凡五易之。无论"可餐""武陵"诸人,如三代法物,不可复见;"梯仙""吴郡"间有存者,皆为佝偻老人;而"苏小小班"亦强半化为异物矣;"茂苑班"则吾弟先去,而诸人再易其主。余则婆娑一老,以碧眼波斯④,尚能别其妍丑。山中人至海上归,种种海错皆在其眼,请共舐之。

---

①谢太傅:即东晋谢安(320—385),字安石,祖籍陈郡阳夏。

②声伎:歌妓舞女。

③畏解,故不畜:语出《南齐书》:"宋武节俭过人,……殷仲文劝令畜伎,答云:'我不解声',仲文曰:'但畜自解',又答:'畏解,故不畜'。"

④碧眼波斯:指年老眼花。

方 物①

越中清馋，无过余者，喜啖方物。北京则苹婆果、黄鼷②、马牙松；山东则羊肚菜、秋白梨、文官果、甜子；福建则福桔、福桔饼、牛皮糖、红腐乳；江西则青根、丰城脯；山西则天花菜；苏州则带骨鲍螺、山查丁、山查糕、松子糖、白圆、橄榄脯；嘉兴则马交鱼脯、陶庄黄雀；南京则套樱桃、桃门枣、地栗团、窝笋团、山查糖；杭州则西瓜、鸡豆子、花下藕、韭芽、玄笋、塘栖蜜桔，；萧山则杨梅、莼菜③、鸠鸟、青鲫、方柿；诸暨则香狸、樱桃、虎栗；嵊④则蕨粉、细榧⑤、龙游糖；临海则枕头瓜；台州则瓦楞蚶、江瑶柱；浦江则火肉⑥；东阳则南枣；山阴则破塘笋、谢桔、独山菱、河蟹、三江屯蛏、白蛤、江鱼、鲥鱼、里河鲻。远则岁致之，近则月致之、日致之。耽耽逐逐⑦，日为口腹谋，罪孽固重。但由今思之，四方兵燹⑧，寸寸割裂，钱塘衣带水，犹不敢轻渡，则向之传食四方，不可不谓之福德也。

---

①方物：地方特产。

②黄鼷：一种瓜果。

③莼菜：又名蓴菜、马蹄菜、湖菜等，是多年生水生宿根草本。性喜温暖，适宜于清水池生长。

④嵊：音shèng，今浙江省的旧称。

⑤细榧：一种常绿乔木。

⑥火肉：火腿。

⑦耽耽逐逐：贪婪注视，急于攫取的样子。语出《周易·颐》。

⑧兵燹：战火、战乱。

祁止祥①癖

人无癖不可与交，以其无深情也；人无疵不可与交，以其无真气也。余友祁止祥有书画癖，有蹴鞠癖，有鼓钹癖，有鬼戏癖，有梨园癖。

壬午至南都，止祥出阿宝示余，余谓："此西方迦陵鸟②，何处得来？"阿宝妖冶如蕊女③，而娇痴无赖，故作涩勒，不肯着人。如食橄榄，咽涩无味，而韵在回甘；如吃烟酒，鲠诘④无奈，而软同沾醉。初如可厌，而过即思之。止祥精音律，咬钉嚼铁，一字百磨，口口亲授，阿宝辈皆能曲通主意。

乙酉，南都失守，止祥奔归，遇土贼，刀剑加颈，性命可倾，至宝是宝。丙戌，以监军驻台州，乱民卤掠，止祥囊箧都尽，阿宝沿途唱曲，以膳主人。及归，刚半月，又挟之远去。止祥去妻子如脱屣耳，独以娈童崽子为性命，其癖如此。

①祁止祥：即祁豸佳（1594—1670），字止祥，号雪瓢，山阴（今浙江绍兴）人。
②迦陵鸟：即迦陵频伽鸟，意译则为好声鸟，美音鸟或妙声鸟。
③蕊女：仙女。
④鲠诘：哽噎。

泰安州^①客店

客店至泰安州，不复敢以客店目之。余进香泰山，未至店里许，见驴马槽房二十三间；再近，有戏子寓二十余处；再近，则密户曲房，皆妓女妖冶其中。余谓是一州之事，不知其为一店之事也。

投店者，先至一厅事^②，上簿挂号，人纳店例银三钱八分，又人纳税山银一钱八分。店房三等：下客夜素，早亦素，午在山上用素酒、果核劳之，谓之"接顶"。夜至店，设席贺，谓烧香后求官得官，求子得子，求利得利，故曰贺也。贺亦三等：上者专席，糖饼、五果、十肴、果核、演戏；次者二人一席，亦糖饼，亦肴核，亦演戏；下者三四人一席，亦糖饼、肴核，不演戏，用弹唱。计其店中，演戏者二十余处，弹唱者不胜计。庖厨炊爨^③亦二十余所，奔走服役者一二百人。下山后，荤酒狎妓惟所欲，此皆一日事也。若上山落山，客日日至，而新旧客房不相袭，荤素庖厨不相混，迎送厮役不相兼，是则不可测识之矣。泰安一州与此店比者五六所，又更奇。

---

①泰安州：今山东泰安。

②厅事：私人住宅的堂屋。

③爨：音cuàn，烧火做饭。

卷五

范长白

　　范长白园在天平山下，万石都焉。龙性难驯，石皆笏起，旁为范文正①公墓。园外有长堤，桃柳曲桥，蟠屈湖面，桥尽抵园，园门故作低小，进门则长廊复壁，直达山麓。其绘楼、幔阁、秘室、曲房，故故匿之，不使人见也。山之左为桃源，峭壁回湍，桃花片片流出。右孤山，种梅千树。渡涧为小兰亭，茂林修竹，曲水流觞，件件有之。竹大如椽②，明静娟洁，打磨滑泽如扇骨，是则兰亭所无也。地必古迹，名必古人，此是主人学问。但桃则溪之，梅则屿之，竹则林之，尽可自名其家，不必寄人篱下也。

　　余至，主人出见。主人与大父同籍，以奇丑著。是日释褐③，大父嬲④之曰："丑不冠带，范年兄亦冠带了也。"人传以笑。余亟欲一见。及出，状貌果奇，似羊肚石雕一小猱，其鼻垩⑤颧颐犹残缺失次也。冠履精洁，若谐谑谈笑，面目中不应有此。开山堂小饮，绮疏⑥藻幕，备极华褥，秘阁清讴，丝竹摇飏⑦，忽出层垣，知为女乐。饮罢，又移席小兰亭。

　　比晚辞去，主人曰："宽坐，请看少焉⑧。"余不解，主人曰："吾乡有缙绅先生，喜调文袋，以《赤壁赋》有'少焉月出于东山之上'句，遂字月为'少焉'。顷言'少焉'者，月也。"固留看月，晚景果妙。主人曰："四方客来，都不及见小园雪，山石嶙峋⑨，银涛蹴起，掀翻五泄，捣碎龙湫,世上伟观,惜不令宗子见也。"步月而出,至元墓,宿葆生叔画舫中。

---

①范文正:即范仲淹字希文,北宋著名思想家、政治家、文学家,谥号文正。

②椽:音chuán,半月于屋顶以支持屋顶盖材料的木杆。

③释褐:脱去平民衣服。喻始任官服。

④嬲:音niǎo,戏弄。

⑤垩:白色。

⑥绮疏:指雕刻成空心花纹的窗户。

⑦摇飏:摇曳飞扬。飏,音yáng。

⑧少焉:少刻,一会儿。这里指月亮。

⑨岪岈:幽深。

于　园

于园在瓜州步五里铺,富人于五所园也。非显者①刺,则门钥不得出。葆生叔同知瓜州,携余往,主人处处款之。园中无他奇,奇在磊石。前堂石坡高二丈,上植果子松数棵,缘坡植牡丹、芍药,人不得上,以实奇。后厅临大池,池中奇峰绝壑,陡上陡下,人走池底,仰视莲花,反在天上,以空奇。卧房槛外,一壑旋下,如螺蛳②缠,以幽阴深邃奇。再后一水阁,长如艇子,跨小河,四围灌木蒙丛,禽鸟啾唧,如深山茂林，坐其中，颓然③碧窈。瓜州诸园亭，俱以假山显，胎于石，娠于磥石之手，男女于琢磨搜剔之主人，至于园可无憾矣。

仪真汪园，葢石④费至四五万，其所最加意者，为"飞来"一峰，阴翳泥泞，供人唾骂。余见其弃地下一白石，高一丈、阔二丈而痴，痴妙；一黑石，阔八尺、高丈五而瘦，瘦妙。得此二石足矣，省下二三万，收其子母，以世守此二石何如？

---

①显者：有名声、有地位的人。

②螺蛳：是方形环棱螺的俗称。

③颓然：柔顺的样子。

④葢：音gài，古地名，古城在山东省沂水县西北。

诸　工

竹与漆与铜与窑，贱工也。嘉兴之腊竹、王二之漆竹、苏州姜华雨之籝篆竹、嘉兴洪漆之漆、张铜之铜、徽州吴明官之窑，皆以竹与漆与铜与窑名家起家，而其人且与缙绅先生列坐抗礼焉。则天下何物不足以贵人，特人自贱①之耳。

① 自贱：自己觉得轻贱。

姚简叔画

　　姚简叔画千古，人亦千古。戊寅，简叔客魏为上宾。余寓桃叶渡，往来者闵汶水、曾波臣一二人而已。简叔无半面交，访余，一见如平生欢①，遂榻余寓。与余料理米盐之事，不使余知。有空，则拉余饮淮上馆，潦倒而归。京中诸勋戚、大老、朋侪、缁衲②、高人、名妓与简叔交者，必使交余，无或遗者。与余同起居者十日，有苍头至，方知其有妾在寓也。简叔塞渊，不露聪明，为人落落难合，孤意一往，使人不可亲疏。与余交，不知何缘，反而求之不得也。

　　访友报恩寺，出册叶百方，宋元名笔。简叔眼光透入重纸，据梧精思，面无人色。及归，为余仿苏汉臣一图：小儿方据澡盆浴，一脚入水，一脚退缩欲出；宫人蹲盆侧，一手掖儿，一手为儿擤鼻涕；旁坐宫娥，一儿浴起伏其膝，为结绣裾。一图，宫娥盛妆端立有所俟，双鬟尾之；一侍儿捧盘，盘列二瓯，意色向客；一宫娥持其盘，为整茶锹，详视端谨。复视原本，一笔不失。

①平生欢：一向交好。
②缁衲：僧侣。

炉峰月

炉峰绝顶，复岫回峦①，斗耸相乱②，千丈岩陬牙横梧③，两石不相接者丈许，俯身下视，足震慑不得前。王文成少年曾趵④而过，人服其胆。余叔尔蕴⑤以毡裹体，縋⑥而下，余挟二樵子，从壑底掭而上，可谓痴绝。

丁卯四月，余读书天瓦庵。午后同二三友人登绝顶，看落照。一友曰："少需之，俟月出去。胜期难再得，纵遇虎，亦命也。且虎亦有道，夜则下山觅豚犬食耳，渠上山亦看月耶？"语亦有理。四人踞坐金简石上。

是日，月政望，日没月出，山中草木都发光怪，悄然生恐。月白路明，相与策杖而下。行未数武，半山噪呼⑦，乃余苍头同山僧七八人，持火燎、鞠刀、木棍，疑余辈遇虎失路，缘山叫喊耳。余接声应，奔而上，扶掖下之。

次日，山背有人言："昨晚更定，有火燎数十把，大盗百余人，过张公岭，不知出何地？"吾辈匿笑不之语。谢灵运开山临澥⑧，从者数百人，太守王琇惊骇⑨，谓是山贼，及知为灵运，乃安。吾辈是夜不以山贼缚献太守，

菜根長噉
堅遠身
陳檞

霜叶飞·荠芽菜

吾家老圃东篱下，
　曾将野菜修谱。
但知喜韭与软萁，
　食荠肠还苦。
今领略、长安杂俎。

荠芽一把和盐煮。
　觉入口甘香，
似燕赵、佳人风致，
　冷淡如许。

——（清）尤侗

亦幸矣。

----

①复岫回峦：山峦起伏、曲折。

②斗耸：耸立，陡立。斗通"陡"。

③陬牙横梧：犬牙交错的样子。陬，音zōu。

④趵：跳跃。

⑤尔蕴：张烨芳，字尔蕴，号七磬，是作者的七叔。

⑥缒：用绳索拴住放下去。

⑦挖：音wā，用手抓住物。

⑧噪呼：大声呼喊。噪，音jiào。

⑨澥：音xiè，靠近陆地的海湾。

⑩骇：音hài，吃惊可怕。

湘　湖①

西湖，田也而湖之，成湖焉；湘湖，亦田也而湖之，不成湖焉。湖西湖者，坡公也，有意于湖而湖之者也；湖湘湖者，任长者也，不愿湖而湖之者也。任长者有湘湖田数百顷，称巨富。有术者相②其一夜而贫，不信。县官请湖湘湖，灌萧山田，诏湖之，而长者之田一夜失，遂赤贫如术者言。今虽湖，尚田也，不下插板，不筑堰，则水立涸。是以湖中水道，非熟于湖者不能行咫尺。游湖者坚欲去，必寻湖中小船与湖中识水道之人，溯十阏^③三，鲠咽^④不之畅焉。湖里外锁以桥，里湖愈佳。盖西湖止一湖心亭为眼中黑子，湘湖皆小阜、小墩、小山，乱插水面，四围山趾，棱棱砺砺，濡足入水，尤为奇峭。

余谓西湖如名妓，人人得而媟亵^⑤之；鉴湖如闺秀，可钦而不可狎；湘湖如处子，眡䩄^⑥羞涩，犹及见其未嫁时也。此是定评，确不可易。

---

①湘湖：在今杭州，位于钱塘江南岸、萧山城区西南。

②相：看面，相面。

③阏：阻塞。

④鲠咽：哭时不能痛快的出声。鲠通"哽"。

⑤媟亵：举止亲昵，轻薄。媟，音 xiè。

⑥眡䩄：音 shì tiǎn，腼腆，害羞。

柳敬亭^①说书

南京柳麻子，黧黑，满面疤癗，悠悠忽忽，土木形骸^②，善说书。一日说书一回，定价一两。十日前先送书帕^③下定，常不得空。南京一时有两行情人：王月生、柳麻子是也。

余听其说《景阳冈武松打虎》白文，与本传^④大异。其描写刻画，微入毫发，然又找截干净^⑤，并不唠叨。勃夫⑥声如巨钟，说至筋节处，叱咤叫喊，汹汹崩屋。武松到店沽酒，店内无人，謈⑦地一吼，店中空缸空甓皆瓮瓮有声。闲中著色，细微至此。主人必屏息静坐，倾耳听之，彼方掉舌。稍见下人咕哗耳语，听者欠伸有倦色，辄不言，故不得强。每至丙夜，拭桌剪灯，素瓷静递，款款言之，其疾徐轻重，吞吐抑扬，入情入理，入筋入骨，摘世上说书之耳，而使之谛听，不怕其不齰⑧舌死也。

柳麻子貌奇丑，然其口角波俏⑨，眼目流利，衣服恬静，直与王月生同其婉娈，故其行情正等。

---

①柳敬亭：柳敬亭（1587—1670），名敬亭，号逢春，原姓曹，名永昌，字葵宇。泰州（今江苏泰州）人，一说通州（今江苏南通）人，明末清初著名评书艺术家。

②土木形骸：形体像土木一样。比喻人的本来面目，不加修饰。

③书帕：请柬、订金。

④本传：指《水浒传》。

⑤找截干净：直接了当，干净利落。

⑥勃夬：声音洪亮。

⑦謈：音pó，大喊。

⑧齰：音zé，啃，咬。

⑨口角波俏：口齿伶俐。

樊江陈氏橘

樊江陈氏辟地为果园，枸菊围之。自麦为蒟酱①，自秫②酿酒，酒香冽，色如淡金蜜珀，酒人称之。自果自蓏③，以螫乳④醴⑤之为冥果。树谢橘百株，青不撷，酸不撷，不树上红不撷，不霜不撷，不连蒂剪不撷。故其所撷，橘皮宽而绽，色黄而深，瓤⑥坚而脆，筋解而脱，味甜而鲜。第四门、陶堰、道墟以至塘栖，皆无其比。余岁必亲至其园买橘，宁迟、宁贵、宁少。购得之，用黄砂缸藉以金城稻草或燥松毛收之。阅十日，草有润气，又更换之，可藏至三月尽，甘脆如新撷者。枸菊城主人橘百树，岁获绢百匹，不愧木奴。

---

①蒟酱：用胡椒科植物做成的酱。

②秫：红薯

③蓏：音 luǒ，草本植物的果实。

④螫乳：蜂蜜。

⑤醴：音 lǐ，甜酒。

⑥瓤：音 ráng，瓜、柑橘等内部包着种子的部分。

治沅堂

占①有拆字②法。宣和③间，成都谢石④拆字，言祸福如响。钦宗闻之，书一"朝"字，令中贵人持试之。石见字，端视中贵人曰："此非观察书也。"中贵人愕然。石曰："'朝'字离之为'十月十日'，乃此月此日所生之天人，得非上位耶？"一国骇异。

吾越谢文正厅事名"保锡堂"，后易之他姓。主人至，亟去其匾，人问之，曰："分明写'呆人易金堂'。"朱石门为文选署中额"典剧"二字，继之者顾诸吏曰："尔知诸公意乎？此二字离合言之，曰：'曲处曲处，八刀八刀'耳。"歙⑤许相国孙志吉为大理评事，受魏珰⑥指，案卖黄山，势张甚，当道媚之，送一匾曰"大卜⑦于门"。里人夜至，增减其笔划凡三：一曰"天下未闻"；一倒读之曰"阉手下犬"；一曰"太平拿问"。后直指⑧提问，械至太平，果如其言。

凡此数者皆有义味。而吾乡缙绅有名"治沅堂"者，人不解其义，问之，笑不答，力究之，缙绅曰："无他意，亦止取'三台、三元'之义云耳。"闻者喷饭。

---

①占：占卜。

②拆字：又称"测字"、"破字"、"相字"等，是中国古代的一种推测吉凶的方式。

③宣和：北宋徽宗年号（1119—1125）。

④谢石：字润夫，北宋成都（今四川成都）人，以测字闻名，民间有许多关于他测字灵验的传说。

⑤歙：音xī，地名，在安徽。

⑥魏珰：指宦官魏忠贤。

⑦大卜：掌管占卜的官员。

⑧直指：朝廷特派官员。

虎丘中秋夜

虎丘八月半，土著流寓、士夫眷属、女乐声伎、曲中名妓戏婆、民间少妇好女、崽子娈童①及游冶恶少、清客帮闲、傒僮走空②之辈，无不鳞集③。自生公台、千人石、鹤涧、剑池、申文定祠，下至试剑石、一二山门，皆铺毡，席地坐，登高望之，如雁落平沙，霞铺江上。天暝月上，鼓吹百十处，大吹大擂，十番铙钹④，渔阳掺挝⑤，动地翻天，雷轰鼎沸，呼叫不闻。更定，鼓铙渐歇，丝管繁兴，杂以歌唱，皆"锦帆开，澄湖万顷"同场大曲，蹲踏和锣丝竹肉声，不辨拍煞⑥。更深，人渐散去，士夫眷属皆下船水嬉，席席征歌，人人献技，南北杂之，管弦迭奏，听者方辨句字，藻鉴⑦随之。二鼓人静，悉屏管弦，洞箫一缕，哀涩清绵，与肉相引，尚存三四，迭更为之。三鼓，月孤气肃，人皆寂阒⑧，不杂蚊虻。一夫登场，高坐石上，不箫不拍，声出如丝，裂石穿云，串度抑扬，一字一刻。听者寻入针芥，心血为枯，不敢击节，惟有点头。然此时雁比而坐者，犹存百十人焉。使非苏州，焉讨识者。

---

①崽子娈童：孩子。

②走空：行骗。

③鳞集：聚集。

④十番铙钹：亦称十番锣鼓，民间鼓乐。铙钹，音 náo bó。

⑤渔阳掺挝：鼓曲名。挝，音 zhuā。

⑥拍煞：这里泛指节奏、节拍。

⑦藻鉴：品藻和鉴别。

⑧寂阒：寂静无声。阒，音 qù。

麋　公

万历甲辰①，有老医驯一大角鹿，以铁钳其趾，设鞯②鞴其上，用笼头衔勒，骑而走，角上挂葫芦药瓮，随所病出药，服之辄③愈。家大人④见之喜，欲售其鹿，老人欣然，肯解以赠，大人以三十金售之。五月朔日⑤，为大父寿，大父伟硕，跨之走数百步，辄立而喘，常命小裾笼之，从游山泽。

次年,至云间,解赠陈眉公。眉公羸瘦⑥,行可连二三里,大喜。后携至西湖六桥⑦、三竺间,竹冠羽衣,往来于长堤深柳之下,见者啧啧,称为"谪仙⑧"。后眉公复号"麋公"者,以此。

---

①甲辰:即万历三十二年(1604)。

②鞯:有花纹的皮革。

③辄:音zhé,总是,就。

④家大人:对他人称自己的父亲。

⑤朔日:农历每月初一。

⑥羸瘦:瘦弱。羸,音léi。

⑦六桥:浙江省杭州西湖外湖苏堤上之六桥:映波、锁澜、望山、压堤、东浦、跨虹。宋苏轼所建。

⑧谪仙:被谪降人世的神仙。

扬州清明

扬州清明,城中男女毕出,家家展墓①。虽家有数墓,日必展之。故轻车骏马,箫鼓画船,转折再三,不辞往复。监门小户亦携肴核②纸钱,走至墓所,祭毕,席地饮胙③。自钞关、南门、古渡桥、天宁寺、平山堂一带,靓妆藻野,袨服缛川。随有货郎,路旁摆设骨董古玩并小儿器具。博徒持小机坐空地，左右铺衵衫④半臂、纱裙汗帨、铜炉锡注、瓷瓯漆奁⑤，及肩彘⑥鲜鱼、秋梨福桔之属，呼朋引类，以钱掷地，谓之"跌成"，或六或八或十，谓之"六成""八成""十成"焉。百十其处，人环观之。是日，四方流离及徽商、西贾、曲中名妓，一切好事之徒，无不咸集。长塘丰草，走马放鹰；高阜平冈，斗鸡蹴鞠；茂林清樾，劈阮弹筝。浪子相扑，童稚纸鸢⑦，老僧因果，瞽者⑧说书，立者林林，蹲者蛰蛰。日暮霞生，车马纷沓。宦门淑秀，车幙尽开，婢媵⑨倦归，山花斜插，臻臻簇簇，夺门而入。余所见者，惟西湖春、秦淮夏、虎丘秋，差足比拟。然彼皆团簇一块，如画家横披；此独鱼贯雁比⑩，舒长且三十里焉，则画家之手卷矣。南宋张择端作《清明上河图》，追摹汴京景物，有西方美人之思，而余目盱盱⑪，能无梦想。

---

①展墓：省视坟墓。

②肴核：肉类和果类食品。

③饮胙：把祭祀用的食品吃掉。

④衵衫：贴身的内衣。衵，音 rì。

⑤漆奁：古代盛梳妆用品的器具。奁，音 lián。

⑥彘：音 zhì，泛指猪。

⑦瞽者：盲人。

⑧纸鸢：风筝。鸢，音 yuān。

⑨婢媵：侍婢。媵，音 yìng。

⑩鱼贯雁比：比喻连续而进，犹如鱼群相接，雁阵行进。

⑪盱盱：张目直视的样子。盱，音 xū。

金山竞渡

看西湖竞渡①十二三次，己巳②竞渡于秦淮，辛未竞渡于无锡，壬午竞渡于瓜州，于金山寺。西湖竞渡，以看竞渡之人胜，无锡亦如之。秦淮有灯船无龙船，龙船无瓜州比，而看龙船亦无金山寺比。瓜州龙船一二十只，刻画龙头尾，取其怒；旁坐二十人持大楫，取其悍；中用彩篷，前后旌③幢绣伞，取其绚；撞钲④挝⑤鼓，取其节；艄后列军器一架，取其锷⑥；龙头上一人足倒竖，歧靫⑦其上，取其危；龙尾挂一小儿，取其险。自五月初一至十五，日日画地而出。五日出金山，镇江亦出。惊湍跳沫，群龙格斗，偶堕洄涡，百蛄捷捽⑧，蟠委出之。金山上人团簇，隔江望之，蚁附蜂屯，蠢蠢欲动。晚则万艓齐开，两岸沓沓然而沸。

①竞渡：划龙舟比赛。

②己巳：即明崇祯二年（1629）。巳，音 sì。

③旌：音 jīng，古代用羽毛装饰的旗子。对指普通的旗子。

④钲：音zhēng，音器名。

⑤挝：音zhuā，击，打。

⑥锷：刀剑的刃。这里是兵器锋利的意思。

⑦觖敠：这里指人倒立时手不停地动，以保持平衡。

⑧百蚨捷捽：很多虫子蜂拥一起的样子。蚨，音jié。捽，音zuò。

刘晖吉女戏

女戏以妖冶恕，以嘽缓①恕，以态度②恕，故女戏者全乎其为恕也。若刘晖吉则异是。刘晖吉奇情幻想，欲补从来梨园之缺陷。如唐明皇游月宫，叶法善作，场上一时黑魆地暗，手起剑落，霹雳一声，黑幔忽收，露出一月，其圆如规，四下以羊角染五色云气，中坐常仪③，桂树吴刚，白兔捣药。轻纱幔之内，燃赛月明数株，光焰青黎，色如初曙，撒布成梁，遂蹑④月窟，境界神奇，忘其为戏也。其他如舞灯，十数人手携一灯，忽隐忽现，怪幻百出，匪夷所思，令唐明皇见之，亦必目睁口开，谓氍毹⑤场中那得如许光怪耶。彭天锡向余道："女戏至刘晖吉，何必男子，何必彭大。"天锡，曲中南董，绝少许可，而独心折晖吉家姬，其所鉴赏，定不草草。

①嘽缓：和缓，舒缓。嘽，音chǎn。

②态度：气势，姿态。

③常仪：即嫦娥。神话传说中的奔月者。"仪"与"娥"古同音通用。

④蹑：踩，踏。

⑤氍毹：一种织有花纹图案的毛毯。

朱楚生

朱楚生，女戏耳，调腔①戏耳。其科白②之妙，有本腔不能得十分之一者。盖四明③姚益城先生精音律，尝与楚生辈讲究关节，妙入情理，如《江天暮雪》《霄光剑》《画中人》等戏，虽昆山老教师细细摹拟，断不能加其毫末也。班中脚色，足以鼓吹楚生者方留之，故班次愈妙。楚生色不甚美，虽绝世佳人，无其风韵。楚楚谡谡④，其孤意在眉，其深情在睫，其解意在烟视媚行⑤。性命于戏，下全力为之。曲白有误，稍为订正之，虽后数月，其误处必改削如所语。

楚生多坐驰，一往深情，摇飏无主⑥。一日，同余在定香桥，日晡烟生，林木窅冥，楚生低头不语，泣如雨下，余问之，作饰语⑦以对。劳心忡忡，终以情死。

---

①调腔：戏曲剧种。也叫掉腔。现在叫"新昌高腔"。

②科白：角色的动作和道白。

③四明:浙江省宁波市。

④谡谡:刚劲,严峻。

⑤烟视媚行:形容害羞不自然的样子。《吕氏春秋·不屈》:"人有新取妇者,妇至,直安矜,烟视媚行。"

⑥摇飏无主:心神不定。飏,音yáng。

⑦饰语:掩饰真相的话。

扬州瘦马①

扬州人日饮食于瘦马之身者数十百人。娶妾者切勿露意,稍透消息,牙婆、驵侩,咸集其门,如蝇附膻②,撩扑不去。

黎明,即促之出门,媒人先到者先挟之去,其余尾其后,接踵伺之。至瘦马家,坐定,进茶,牙婆扶瘦马出,曰:"姑娘拜客。"下拜。曰:"姑娘往上走。"走。曰:"姑娘转身。"转身向明立,面出。曰:"姑娘借手睄睄③。"尽褫其袂④,手出、臂出、肤亦出。曰:"姑娘睄相公。"转眼偷觑,眼出。曰:"姑娘几岁?"曰几岁,声出。曰:"姑娘再走走。"以手拉其裙,趾出。然看趾有法,凡出门裙幅⑤先响者,必大;高系其裙,人未出而趾先出者,必小。曰:"姑娘请回。"一人进,一人又出。看一家必五、六人,咸如之。看中者,用金簪或钗一股插其鬓,曰"插带"。看不中,出钱数百文,赏牙婆或赏其家侍婢,又去看。牙婆倦,又有数牙婆踵伺之。一日、二日至四五日,不倦亦不尽,然看至五六十人,白面红衫,千篇一律,如学字者,一字写至百至千,连此字亦不认得矣。心与目谋,毫无把柄,不得不聊且迁就,定其一人。

插带后,本家出一红单,上写彩缎若干,金花若干,财礼若干,布匹若干,用笔蘸墨,送客点阅。客批财礼及缎匹如其意,则肃客归。归未抵寓,而鼓乐、盘担、红绿、羊酒在其门久矣。不一刻而礼币、糕果俱齐,鼓乐导之去。去未半里而花轿、花灯、擎燎、火把、山人、傧相、纸烛、供果、牲醴之属,门前环侍。厨子挑一担至,则蔬果、肴馔⑥、汤点、花棚、糖饼、桌围、坐褥、酒壶、杯箸、龙虎寿星、撒帐牵红、小唱弦索之类,又毕备矣。不待复命,亦不待主人命,而花轿及亲送小轿一齐往迎,鼓乐灯燎,新人轿与亲送轿一时俱到矣。新人拜堂,亲送上席,小唱鼓吹,喧阗⑦热闹。日未午而讨赏遽去,急往他家,又复如是。

---

① 扬州瘦马:从明朝开始,在扬州一带,出现了大量经过专门培训、预备嫁给富商作小妾的年轻女子,而这些女子以瘦为美,个个苗条消瘦,因此被称为"扬州瘦马"。到了明清时期,"养瘦马"成了一项暴利的投资,有一大批人专门从事此项职业。

②如蝇附膻：像苍蝇趋附羊肉一般。

③眲眲：瞧瞧。

④尽褫其袂：把衣服都脱去。褫：音 chǐ，脱去。袂，音 mèi，衣袖，泛指衣服。

⑤裙幅：裙子的分幅。

⑥肴馔：指菜肴。馔，音 zhuàn，饮食，吃喝。

⑦喧阗：亦作"喧填"，喧哗，热闹。阗，音 tián。

卷六

彭天锡串戏①

彭天锡串戏妙天下，然出出皆有传头，未尝一字杜撰。曾以一出戏，延其人至家，费数十金者，家业十万缘手而尽。三春②多在西湖，曾五至绍兴，到余家串戏五六十场，而穷其技不尽。

天锡多扮丑、净，千古之奸雄佞幸③，经天锡之心肝而愈狠，借天锡之面目而愈刁，出天锡之口角而愈险。设身处地，恐纣之恶不如是之甚也。皱眉视眼，实实腹中有剑，笑里有刀，鬼气杀机，阴森可畏。盖天锡一肚皮书史，一肚皮山川，一肚皮机械④，一肚皮磊砢⑤不平之气，无地发泄，特于是发泄之耳。

余尝见一出好戏，恨不得法锦包裹，传之不朽；尝比之天上一夜好月，与得火候一杯好茶，只可供一刻受用，其实珍惜之不尽也。桓子野见山水佳处，辄呼"奈何！奈何！"真有无可奈何者，口说不出。

---

①串戏：演戏。

②三春：春季的三个月。

③佞幸：以谄媚而道道君王宠幸的大臣。

④机械：灵巧，机巧。

⑤磊砢：形容心中不平。砢，音 luǒ。

目莲①戏

余蕴叔演武场搭一大台,选徽州旌阳戏子,剽轻精悍②、能相扑跌打者三四十人,搬演目莲,凡三日三夜。四围女台③百什座,戏子献技台上,如度索舞緪④、翻桌翻梯、觔斗蜻蜓、蹬坛蹬臼、跳索跳圈,窜火窜剑之类,大非情理。凡天神地祇、牛头马面、鬼母丧门、夜叉罗刹、锯磨鼎镬⑤、刀山寒冰、剑树森罗、铁城血澥,一似吴道子《地狱变相》,为之费纸札者万钱,人心惴惴,灯下面皆鬼色。戏中套数,如《招五方恶鬼》《刘氏逃棚》等剧,万余人齐声呐喊。熊太守谓是海寇卒至,惊起,差衙官侦问,余叔自往复之,乃安。台成,叔走笔书二对。一曰:"果证幽明⑥,看善善恶恶随形答响,到底来那个能逃?道通昼夜,任生生死死换姓移名,下场去此人还在。"一曰:"装神扮鬼,愚蠢的心下惊慌,怕当真也是如此。成佛作祖,聪明人眼底忽略,临了时还待怎生?"真是以戏说法。

---

①目莲:释迦牟尼十大弟子之一。

②剽轻精悍:身体强壮而灵活。

③女台:高高低低的戏台。

④舞緪:杂技,在绳索上走。

⑤镬:音huò,锅。

⑥幽明:指生与死、阴间与阳间。

甘文台炉

香炉贵适用,尤贵耐火。三代青绿①,见火即败坏,哥、汝窑亦如之。便用便火,莫如宣炉。然近日宣铜一炉价百四五十金,焉能办之?北铸②如施银匠亦佳,但粗夯③可厌。

苏州甘回子文台,其拨蜡范沙④,深心有法,而烧铜色等分两,与宣铜款致分毫无二,俱可乱真,然其与人不同者,尤在铜料。甘文台以回回教门不崇佛法,乌斯藏⑤渗金佛,见即锤碎之,不介意,故其铜质不特与宣铜等,而有时实胜之。甘文台自言佛像遭劫已七百尊有奇矣。余曰:"使回回国别有⑥地狱,则可。"

---

①青绿:青铜器。

②北铸:北京所铸宣德炉仿制品。

③粗夯:粗笨。夯,音bèn,笨拙。

④拨蜡范沙:一种铸造香炉、金属印章或人像的方法。先雕刻蜡模外面用泥作范,再熔金属注入泥范。

⑤乌斯藏:明朝对西藏的称呼。

⑥别有:另外有。

绍兴灯景

绍兴灯景为海内所夸者无他，竹贱、灯贱、烛贱。贱，故家家可为之；贱，故家家以不能灯为耻。故自庄逵①以至穷檐②曲巷，无不灯、无不棚者。棚以二竿竹搭过桥，中横一竹，挂雪灯③一，灯球④六。大街以百计，小巷以十计。从巷口回视巷内，复迭堆垛，鲜妍飘洒，亦足动人。十字街搭木棚，挂大灯一，俗曰"呆灯"，画《四书》《千家诗》故事，或写灯谜，环立猜射之。庵堂寺观以木架作柱灯及门额，写"庆赏元宵""与民同乐"等字。佛前红纸荷花琉璃百盏，以佛图⑤灯带间之，熊熊煜煜。庙门前高台鼓吹，五夜市廛⑥，如横街轩亭、会稽县西桥，闾里相约，故盛其灯，更于其地斗狮子灯，鼓吹弹唱，施放烟火，挤挤杂杂。小街曲巷有空地，则跳大头和尚，锣鼓声错，处处有人团簇看之。城中妇女多相率步行，往闹处看灯；否则，大家小户杂坐门前，吃瓜子、糖豆，看往来士女，午夜方散。乡村夫妇多在白日进城，乔乔画画，东穿西走，曰"钻灯棚"，曰"走灯桥"。天晴，无日无之。万历间，父叔辈于龙山放灯，称盛事，而年来有效之者。次年，朱相国家放灯塔山。再次年，放灯蕺山⑦。蕺山以小户效颦，用竹棚，多挂纸魁星⑧灯。有轻薄子作口号嘲之曰："蕺山灯景实堪夸，箬篰⑨芋头挂夜叉。若问搭彩是何物，手巾脚布神袍纱。"由今思之，亦是不恶。

---

①庄逵：城中的大道。

②穷檐：指茅舍，破屋。

③雪灯：用雪制作的灯。

④灯球：球形的彩灯。

⑤佛图：浮屠，佛塔。

⑥市廛：店铺集中之处。廛，音chán，古代城市平民的房地。

⑦蕺山：绍兴古城内三座主要小山之一。蕺，音jí，即蕺草，也称岑草。

⑧魁星：主宰文运的神。

⑨箶簩：音hú xiǎo。细竹。

韵　山

大父至老，手不释卷，斋头亦喜书画、瓶几布设。不数日，翻阅搜讨，尘堆砚表，卷帙①正倒参差。常从尘砚中磨墨一方，头眼入于纸笔，潦草作书生家蝇头细字。日晡向晦，则携卷出帘外，就天光爇②烛，檠③高光不到纸，辄倚几携书就灯，与光俱俯，每至夜分，不以为疲。

常恨《韵府群玉》《五车韵瑞》寒俭可笑，意欲广之。乃博采群书，用淮南大、小山义，摘其事曰《大山》，摘其语曰《小山》，事语已详本韵而偶寄他韵下曰《他山》，脍炙人口者曰《残山》，总名之曰《韵山》。小字襞积④，烟煤残楮⑤，厚如砖块者三百余本。一韵积至十余本，《韵府》《五车》不啻⑥千倍之矣。正欲成帙，胡仪部青莲携其尊人所出中秘书，名《永乐大典》者，与《韵山》正相类，大帙三十余本，一韵中之一字犹不尽焉。大父见而太息曰："书囊无尽，精卫衔石填海，所得几何！"遂辍笔而止。以三十年之精神，使为别书，其博洽应不在王弇州、杨升庵下。今此书再加三十年，亦不能成，纵成亦力不能刻。笔冢如山，只堪覆瓿⑦，余深惜之。丙戌兵乱，余载往九里山⑧，藏之藏经阁，以待后人。

---

①卷帙：书籍。

②爇：音ruò，点燃。

③檠：音qíng，灯架。

④襞积：比喻皱纹，指事物重叠或堆积等。这里指书中的字很密集。

⑤烟煤残楮：写有字的残破纸张。

⑥不啻：不止，不只。啻，音chì。

⑦覆瓿：比喻著作毫无价值或不被人重视。瓿，音bù。

⑧九里山：在今浙江绍兴。

天童寺①僧

戊寅②,同秦一生诣天童访金粟和尚。至山门,见万工池绿净可鉴须眉,旁有大锅覆地,问僧,僧曰:"天童山有龙藏,龙常下饮池水,故此水刍秽不入。正德间,二龙斗,寺僧五六百人撞钟鼓撼之,龙怒,扫寺成白地③,锅其遗也。"入大殿,宏丽庄严。折入方丈,通名刺。老和尚见人便打,曰"棒喝"。余坐方丈,老和尚迟迟出,二侍者执杖、执如意先导之,南向立,曰:"老和尚出。"又曰:"怎么行礼?"盖官长见者皆下拜,无抗礼,余屹立不动,老和尚下行宾主礼。侍者又曰:"老和尚怎么坐?"余又屹立不动,老和尚肃余坐。坐定,余曰:"二生门外汉,不知佛理,亦不知佛法,望老和尚慈悲,明白开示。勿劳棒喝,勿落机锋,只求如家常白话,老实商量,求个下落。"老和尚首肯余言,导余随喜④。早晚斋方丈,敬礼特甚。余遍观寺中僧匠千五百人,俱舂者、碓者、磨者、甑者、汲者、爨者⑤、锯者、劈者、菜者、饭者,狰狞急遽,大似吴道子一幅《地狱变相》。老和尚规矩严肃,常自起撞人,不止"棒喝"。

---

①天童寺:位于浙江省宁波市,佛教禅宗五大名刹之一,号称"东南佛园"。

②戊寅:即明崇祯十一年(1638)。

③白地:没有建筑物的空地。

④随喜:代指游寺院。

⑤爨者:厨师。爨,音cuàn。

水浒牌

古貌、古服、古兜鍪①、古铠胄、古器械,章侯自写其所学所问已耳,而辄呼之曰宋江,曰吴用,而宋江、吴用亦无不应者,以英雄忠义之气,郁郁芊芊,积于笔墨间也。周孔嘉丐余促章侯,孔嘉丐之,余促之,凡四阅月而成。余为作缘起曰:

"余友章侯,才足挟天②,笔能泣鬼。昌谷道上,婢囊呕血之诗;兰渚寺中,僧秘开花之字。兼之力开画苑,遂能目无古人,有索必酬,无求不与。既蠲③郭恕先之癖,喜周贾耘老之贫,画《水浒》四十人,为孔嘉八口计,遂使宋江兄弟,复睹汉官威仪。伯益考著《山海》遗经,兽毨鸟氄④,皆拾为千古奇文;吴道子画《地狱变相》,青面獠牙,尽化作一团清气。收掌付双荷叶,能月继三石米,致二斗酒,不妨持赠;珍重如柳河东⑤,必日灌蔷薇露,薰玉蕤香,方许解观。非敢阿私,愿公同好。"

①兜鍪:古代战士戴的头盔。

②挟天:光芒照到天上。

③蠲：去掉。

④兽毵鸟氄：鸟兽的细软茂密的绒毛。毵，音xiǎn。氄，音rǒng。

⑤柳河东：即柳宗元（773—819），字子厚，河东（今山西永济）人。唐代古文运动发起者，唐宋八大家之一。

烟雨楼

嘉兴人开口烟雨楼，天下笑之，然烟雨楼故自①佳。楼襟对②莺泽湖，涳涳濛濛③，时带雨意，长芦高柳，能与湖为浅深。

湖多精舫，美人航之，载书画茶酒，与客期于烟雨楼。客至，则载之去，舣舟于烟波缥缈。态度幽闲，茗炉相对，意之所安，经旬不返。舟中有所需，则逸出宣公桥、甪④里街，果蓏蔬鲜，法膳⑤琼苏，呫嗟立办⑥，旋即归航。柳湾桃坞，痴迷伫想，若遇仙缘，洒然言别，不落姓氏。间有倩女离魂，文君新寡，亦效颦为之。淫靡之事，出以风韵，习俗之恶，愈出愈奇。

①故自：本来，的确。

②襟对：正对着。

③涳涳濛濛：微雨迷茫的样子。涳，音kōng，濛，音méng。

④甪：音lù，地名。

⑤法膳：帝王的膳食。

⑥咄嗟立办：形容时间短。比喻马上办到。

⑦倩女离魂：典出唐陈玄祐传奇小说《离魂记》，写张倩娘与表兄王文宙相爱，受父母阻挠，倩女魂魄离开躯体，与王宙结为夫妻。后世戏曲多以此为题材。

朱氏收藏

朱氏家藏，如龙尾觥、合卺杯①，雕镂锲刻，真属鬼工，世不再见。余如秦铜汉玉、周鼎商彝②、哥窑倭漆③、厂盒宣炉、法书名画、晋帖唐琴，所畜之多，与分宜埒④富，时人讥之。余谓博洽好古，犹是文人韵事。风雅之列，不黜⑤曹瞒；鉴赏之家，尚存秋壑。诗文书画未尝不抬举古人，恒恐子孙效尤，以袖攫石⑥、攫金银以赚田宅，豪夺巧取，未免有累盛德。闻昔年朱氏子孙，有欲卖尽"坐朝问道"四号田者，余外祖兰风先生谑之曰："你只管坐朝问道，怎不管垂拱平章？"一时传为佳话。

①合卺杯：是古代婚礼上用来喝交杯酒的专用杯子。

②周鼎商彝：古代祭祀用的鼎尊等礼器。《宛署杂记·古墨斋》："得其片言只字，自令旷心怡神，非必商彝周鼎之为宝也。"

③倭漆：来自日本的漆器。

④埒：音liè，相等，相当。

⑤不摒弃:不排斥。

⑥以袖攫石:把诗文书画放在袖子里,争抢着换石头。

仲叔古董

葆生叔少从渭阳游,遂精赏鉴。得白定炉、哥窑瓶、官窑①酒匜②,项墨林以五百金售之,辞曰:"留以殉葬。"

癸卯③,道淮上。有铁梨木天然几,长丈六、阔三尺,滑泽坚润,非常理。淮抚李三才④百五十金不能得,仲叔以二百金得之,解维遽去。淮抚大恚怒⑤,差兵蹑之,不及而返。

庚戌,得石璞三十斤,取日下水涤之,石罅⑥中光射如鹦哥祖母,知是水碧,仲叔大喜。募玉工仿朱氏龙尾觥一,合卺杯一,享价三千,其余片屑寸皮,皆成异宝。仲叔赢资巨万,收藏日富。

戊辰后,倅姑熟,倅姑苏⑦,寻令盟津。河南为铜薮,所得铜器盈数车,美人觚一种,大小十五六枚,青绿彻骨,如翡翠,如鬼眼青,有不可正视之者。归之燕客,一日失之,或是龙藏收去。

①官窑:朝廷专设的瓷窑,供皇家使用。

②匜:音yí,用于盥洗的器具。

③癸卯：即明万历三十一年（1603）。

④李三才：（？—1623），明朝后期大臣。字道甫，号修吾，陕西临潼人。

⑤恚怒：生气，愤怒。《墨子·非儒下》：孔乃恚怒於景公与晏子。恚，音huì。

⑥石罅：石头的缝隙。罅，音xià，缝隙，裂缝。

⑦姑苏：苏州。

噱　社

仲叔善诙谐，在京师与漏仲容、沈虎臣、韩求仲辈结"噱社"，唼喋①数言，必绝缨②喷饭。

漏仲容为贴括③名上，常曰："吾辈老年读书做文字，与少年不同。少年读书，如快刀切物，眼光逼注，皆在行墨空处④，一过辄了。老年如以指头掐字，掐得一个，只是一个，掐得不着时，只是白地。少年做文字，白眼看天，一篇现成文字挂在天上，顷刻下来，刷入纸上，一刷便完。老年如恶心呕吐，以手挖入齿咢⑤出之，出亦无多，总是渣秽⑥。"此是格言，非止谐语。

一日，韩求仲与仲叔同宴一客，欲连名速之，仲叔曰："我长求仲，则我名应在求仲前，但缀绳头于如拳之上，则是细注在前，白文在后，那有此理！"人皆失笑。沈虎臣出语尤尖巧。仲叔候座师收一帽套，此日严寒，沈虎臣嘲之曰："座主已收帽套去，此地空余帽套头。帽套一去不复返，此头千载冷悠悠。"其滑稽多类此。

---

①喽喋：小声说，低语。

②绝缨：在此指大家在一起不拘小节、十分随意。

③帖括：指八股文。

④行墨空处：文章欠缺或论述不足的地方。

⑤哕：呕吐。

⑥渣秽：渣滓秽物。秽，音huì。

鲁府松棚

报国寺松，蔓引䈽委①，已入②藤理。入其下者，蹒跚局蹐③，气不得舒。鲁府旧邸二松，高丈五，上及檐甍④，劲竿如蛇脊，屈曲撑距，意色酣怒，鳞爪拿攫⑤，义不受制，鬣起针针，怒张如戟。旧府呼"松棚"，故松之意态情理无不棚之。便殿三楹盘郁殆遍，暗不通天，密不通雨。鲁宪王晚年好道，尝取松肘一节，抱与同卧，久则滑泽酣酡⑥，似有血气。

---

①䈽委：盘曲下垂的样子。

②入：符合。

③局蹐：拘束。

④檐甃：屋檐。甃，音zhòu。

⑤攫：音jué，抓取。

⑥酣酡：音hān tuó。像酒醉脸红一样的色泽。

一尺雪

一尺雪①为芍药异种，余于兖州②见之。花瓣纯白，无须萼③，无檀心④，无星星红紫，洁如羊脂，细如鹤翎⑤，结楼吐舌，粉艳雪腴。上下四旁，方三尺，干小而弱，力不能支，蕊大如芙蓉，辄缚一小架扶之。大江以南，有其名无其种，有其种无其土，盖非兖勿易见之也。

兖州种芍药者如种麦，以邻以亩⑥。花时宴客；棚于路、彩于门、衣于壁、障于屏、缀于帘、簪于席、茵于阶者，毕用之，日费数千勿惜。余昔在兖，友人日剪数百朵送寓所，堆垛狼藉，真无法处之。

---

①一尺雪：花名，其花蕊浅红色。

②兖州：今山东兖州。兖，音yǎn。

③须萼：花须和花萼。萼，音è。

④檀心：淡红色的花蕊。

⑤鹤翎：仙鹤羽毛的颈。

⑥以邻以亩：指种芍药的田地一块连一块。

菊 海

兖州张氏期余看菊,去城五里。余至其园,尽其所为园者而折旋之①,又尽其所不尽为园者而周旋之,绝不见一菊,异之。移时②,主人导至一苍莽空地,有苇厂三间,肃③余入,遍观之,不敢以菊言,真菊海也。厂三面,砌坛三层,以菊之高下高下之。花大如瓷瓯,无不球,无不甲,无不金银荷花瓣,色鲜艳,异凡本,而翠叶层层,无一早脱者。此是天道,是土力,是人工,缺一不可焉。

兖州缙绅家风气袭王府,赏菊之日,其桌、其炕、其灯、其炉、其盘、其盒、其盆盎、其肴器、其杯盘大觥④、其壶、其帏、其褥、其酒、其面食、其衣服花样,无不菊者。夜烧烛照之,蒸蒸烘染,较日色更浮出数层。席散,撤苇帘以受繁露⑤。

---

①折旋:来来回回地走一趟。

②移时:过了一阵。

③肃:迎候。

④觥:音gōng,古代酒器。

⑤繁露:露水。

曹　山

万历甲辰，大父游曹山，大张乐①于狮子岩下。石梁先生戏作山君檄②讨大父，祖昭明太子语，谓若以管弦污我岩壑。大父作檄骂之，有曰："谁云鬼刻神镂，竟是残山剩水！"石篑先生嗤石梁曰："文人也，那得犯其锋，不若自认，以'残山剩水'四字摩崖勒之。"先辈之引重如此。

曹石宕③为外祖放生池，积三十余年，放生几百千万，有见池中放光如万炬烛天，鱼虾荇藻附之而起，直达天河者。余少时从先宜人至曹山庵作佛事，以大竹篰④贮西瓜四，浸宕内。须臾，大声起岩下，水喷起十余丈，三小舟缆断，颠翻波中，冲击几碎。舟人急起视，见大鱼如舟，口欱⑤四瓜，掉尾而下。

---

① 张乐：奏乐。

② 檄：音xí，古代官府用以征召或声讨的文书。

③ 宕：湖泊、池塘。

④ 篰：音bù，竹篓。

⑤ 欱：吞食，吞掉。

齐景公墓花樽①

霞头沈金事宦游时,有发掘齐景公墓者,迹之,得铜豆三,大花樽二。豆朴素无奇。花樽高三尺,束腰拱起,口方而敞,四面戟楞,花纹兽面,粗细得款,自是三代法物。归乾阳刘太公,余见赏识之,太公取与严,一介②不敢请。及宦粤西,外母归余斋头,余拂拭③之,为发异光。取浸梅花、贮水,汗下如雨,逾刻始收,花谢结子,大如雀卵。余藏之两年,太公归自粤西,稽复之,余恐伤外母意,亟归之。后为驵侩④所啖⑤,竟以百金售去,可惜。今闻在歙县某氏家庙。

①樽:一般是指酒器,这里是指插画的花瓶。

②一介:一个人,形容卑微,用于自谦。

③拂拭:掸掉或擦掉。

④驵侩:市场经济人。驵,音zǎng。

⑤啖:音dàn,吃或给人吃。

戏题卢秘书新移蔷薇

风动翠条腰袅娜，
露垂红萼泪阑干。
留他到此须为主，
不别花人莫使看。

——（唐）白居易

卷七

西湖香市①

西湖香市，起于花朝②，尽于端午。山东进香普陀者日至，嘉、湖进香天竺者日至，至则与湖之人市焉，故曰香市。然进香之人市于三天竺③，市于岳王坟，市于湖心亭，市于陆宣公祠，无不市，而独凑集于昭庆寺。昭庆两廊故无日不市者，三代八朝之骨董，蛮夷闽貊④之珍异，皆集焉。

至香市，则殿中边甬道上下、池左右、山门内外，有屋则摊，无屋则厂，厂外又棚，棚外又摊，节节寸寸。凡胭脂簪珥⑤、牙尺剪刀，以至经典木鱼、伢儿嬉具之类，无不集。

此时春暖，桃柳明媚，鼓吹清和，岸无留船，寓无留客，肆无留酿。袁石公所谓"山色如娥，花光如颊，波纹如绫，温风如酒"，已画出西湖三月。而此以香客杂来，光景又别。士女闲都，不胜其村妆野妇之乔画⑥；芳兰芝泽，不胜其合香芫荽之薰蒸；丝竹管弦，不胜其摇鼓欲笙之聒帐；鼎彝光怪，不胜其泥人竹马之行情；宋元名画，不胜其湖景佛图之纸贵。如逃如逐，如奔如追，撩扑不开，牵挽不住。数百十万男男女女、老老少少，日簇拥于寺之前后左右者，凡四阅月方罢。恐大江以东，断无此二地矣。

崇祯庚辰三月，昭庆寺火。是岁及辛巳、壬午洊饥，民强半饿死。壬午虏鲠山东，香客断绝，无有至者，市遂废。

辛巳夏，余在西湖，但见城中饿殍异出，扛挽相属。

时杭州刘太守梦谦,汴梁人,乡里抽丰⑦者多寓西湖,日以民词馈送。有轻薄子改古诗诮之曰:"山不青山楼不楼,西湖歌舞一时休。暖风吹得死人臭,还把杭州送汴州。"可作西湖实录。

---

①香市:庙市,庙会。

②花朝:花朝节,又称花神节,百花生日。

③三天竺:位于杭州天竺山和灵隐寺间的三座寺庙,包括上天竺、中天竺和下天竺,合称"三天竺"。

④蛮夷闽貊:泛指少数民族。

⑤簪珥:古代发饰和耳饰的一种,属于瑱类。

⑥乔画:浓妆艳抹,精心打扮。

⑦抽丰:又称秋风,指利用各种关系和借口向别人索取财物。

鹿苑寺方柿①

萧山②方柿,皮绿者不佳,皮红而肉糜烂者不佳,必树头红而坚脆如藕者,方称绝品。然间遇之,不多得。余向言西瓜生于六月,享尽天福;秋白梨生于秋,方柿、绿柿生于冬,未免失候。

丙戌③,余避兵西白山④,鹿苑寺前后有夏方柿十数株。

六月敲暑⑤，柿大如瓜，生脆如咀冰嚼雪，目为之明，但无法制之，则涩勒不可入口。土人以桑叶煎汤，候冷，加盐少许，入瓮内，浸柿没其颈，隔二宿取食，鲜磊异常。余食萧山柿多涩，请赠以此法。

---

①方柿：一种柿子品种，果型较大，呈方形。

②萧山：今浙江萧山。

③丙戌：即清顺治三年（1646）。

④西白山：位于浙江省嵊州市。鹿苑寺在西白山东南麓鹿苑山下，现今已不存在。

⑤敲暑：酷暑，炎热。

西湖七月半

西湖七月半，一无可看，止可看看七月半之人。看七月半之人，以五类看之。其一，楼船萧鼓，峨冠盛筵，灯火优傒①，声光相乱，名为看月而实不见月者，看之。其一，亦船亦楼，名娃闺秀，携及童娈，笑啼杂之，环坐露台，左右盼望，身在月下而实不看月者，看之。其一，亦船亦声歌，名妓闲僧，浅斟低唱，弱管轻丝，竹肉相发②，亦在月下，亦看月，而欲人看其看月者，看之。其一，不舟不车，不衫不帻③，酒醉饭饱，呼群三五，跻入人丛，昭庆、断桥，嚣呼嘈杂，装假醉，唱无腔曲，月亦看，看月者亦看,不看月者亦看,而实无一看者,看之。其一,小船轻幌,净几暖炉,茶铛④旋煮,素瓷静递,好友佳人,邀月同坐,或匿影树下,或逃嚣里湖,看月而人不见其看月之态,亦不作意看月者,看之。

杭人游湖,巳出酉归,避月如仇,是夕好名,逐队争出,多犒门军酒钱,轿夫擎燎,列俟岸上。一入舟,速舟子急放断桥,赶入胜会。以故二鼓以前,人声鼓吹,如沸如撼,如魇如呓,如聋如哑,大船小船,一齐凑岸,一无所见,止见篙击篙,舟触舟,肩摩肩,面看面而已。少刻兴尽,官府席散,皂隶喝道去,轿夫叫船上人,怖以关门,灯笼火把如列星,一一簇拥而去。岸上人亦逐队赶门,渐稀渐薄,顷刻散尽矣。

吾辈始舣舟近岸,断桥石磴⑤始凉,席其上,呼客纵饮。此时,月如镜新磨,山复整妆,湖复颒⑥面。向之浅斟低唱者出,匿影树下者亦出,吾辈往通声气,拉与同坐。韵友来,名妓至,杯箸安,竹肉发。月色苍凉,东方将白,客方散去。吾辈纵舟,酣睡于十里荷花之中,香气拍人,清梦甚惬。

---

①优僇:歌妓,声妓。

②竹肉相发:箫笛声与歌声同时响起。

③不衫不帻:不穿长衫,不戴头巾,以此来形容衣冠不整,不修边幅。

④茶铛:煎茶用的器物。铛,音 chēng。

⑤磴：音dèng，石头台阶。
⑥頮：洗脸。

及时雨

壬申七月，村村祷雨，日日扮潮神海鬼，争唾之。余里中扮《水浒》，且曰：画《水浒》者，龙眠、松雪近章侯，总不如施耐庵①，但如其面勿黛，如其髭②勿鬣③，如其兜鍪④勿纸，如其刀杖勿树，如其传勿杜撰，勿弋阳腔⑤，则十得八九矣。于是分头四出，寻黑矮汉，寻梢长大汉，寻头陀，寻胖大和尚，寻茁壮妇人，寻姣长妇人，寻青面，寻歪头，寻赤须，寻美髯，寻黑大汉，寻赤脸长须，大索城中。无则之郭、之村、之山僻、之邻府州县，用重价聘之，得三十六人。梁山泊好汉，个个呵活，臻臻至至，人马称妯⑥而行，观者兜截遮拦，直欲看杀卫玠⑦。

五雪叔归自广陵，多购法锦宫缎，从以台阁者八：雷部六，大士一，龙宫一，华重美都，见者目夺气亦夺。盖自有台阁，有其华无其重，有其美无其都，有其华重美都，无其思致，无其文理。轻薄子有言："不替他谦了也，事事精办。"

季祖南华老人喃喃怪问余曰："《水浒》与祷雨有何义味近？余山盗起，迎盗何为耶？"余俯首思之，果诞而无谓，徐应之曰："有之。天杠尽，以宿太尉殿焉。用大牌六，书'奉旨招安'者二，书'风调雨顺'者一，'盗息民安'者一，更大书'及时雨'者二，前导之。"观者欢喜赞叹，老人亦匿笑而去。

---

①施耐庵，《水浒传》的作者。

②髭：音zī，嘴边上的胡子。

③鬣：音liè，马、狮等颈上的长毛。

④兜鍪：亦作"兜牟"，古代战士戴的头盔。鍪，音móu。

⑤弋阳腔：亦称弋腔，俗称高腔，是明代戏曲中的四大声腔之一，形成于江西东部一带。

⑥娖：整齐一致。

⑦卫玠：（285—312）字叔宝，西晋时人，相貌出众，据说他外出时，人们纷纷夹道观看。

山艇子^①

龙山自巇^②花阁而西皆骨立，得其一节，亦尽名家。山艇子石，意尤孤孑^③，壁立霞剥，义不受土。大樟徙其上，石不容也，然不恨石，屈而下，与石相亲疏。石方广三丈，右坳而凹，非竹则尽矣，何以浅深乎石。然竹怪甚，能孤行，实不藉石。竹节促而虬叶毯毯^④，如猬毛、如松狗尾，离离矗矗⑤，捎捩⑥攒挤，若有所惊者。竹不可一世，不敢以竹二之。

或曰：古今错刀也。或曰：竹生石上，土肤浅，蚀其根，故轮囷⑦盘郁，如黄山上松。山艇子樟，始之石，中之竹，终之楼，意长楼不得竟其长，故艇之。然伤于贪，特特向石，石意反不之属，使去丈而楼，壁出樟出，竹亦尽出。竹石间意，在以淡远取之。

---

①山艇子：龙山西南一处地名，作者年轻时曾在此处书院里读书。

②巘：音yǎn，山峰。

③孤子：犹奇特。子，音jié。

④毸毸：毛发整齐的样子。

⑤离离矗矗：浓密挺拔的样子。矗，音chù。

⑥捩：扭转，转动。

⑦轮囷：弯曲、回旋的样子。囷，音qūn。

悬杪亭

余六岁随先君子①读书于悬杪亭，记在一峭壁之下，木石撑距，不藉尺土，飞阁虚堂，延骈如栉。缘崖而上，皆灌木高柯，与檐甃相错。取杜审言"树杪玉堂悬"句，名之"悬杪"，度索寻橦，大有奇致。后仲叔庐其崖下，信堪舆家②言,谓碍其龙脉③,百计购之,一夜徙去,鞠④为茂草。儿时怡寄,常梦寐寻往。

---

①先群子:去世的父亲。

②堪舆家:风水先生。

③龙脉:风水术语,指那些出过帝王、人,或能够安葬帝王、贵人,护佑王室、贵人后裔的地方。

④鞠:养育。

雷 殿

雷殿在龙山磨盘冈下,钱武肃王于此建蓬莱阁,有断碣①在焉。殿前石台高爽,乔木潇疏。六月,月从南来,树不蔽月。余每浴后拉秦一生、石田上人、平子辈坐台上,乘凉风,携肴核,饮香雪酒,剥鸡豆,啜②乌龙井水,水凉冽激齿。下午着人投西瓜浸之,夜剖食,寒栗逼人,可雠③三伏。林中多鹘,闻人声辄惊起,磔磔④云霄间,半日不得下。

---

①碣:碑石。

②啜:音chuò,饮,吃。

③雠:音chóu,应对。

④鹄：音 gǔ，鹜鸟名。

⑤磔磔：音 zhé，鸟叫声。

龙山雪

天启六年①十二月，大雪深三尺许。晚霁，余登龙山，坐上城隍庙山门，李岕生、高眉生、王畹生、马小卿、潘小妃侍。万山载雪，明月薄之，月不能光，雪皆呆白。坐久清冽，苍头送酒至，余勉强举大觥②敌寒，酒气冉冉，③积雪欲之，竟不得醉。马小卿唱曲，李岕生吹洞箫和之，声为寒威所慑，咽涩不得出。三鼓归寝。马小卿、潘小妃相抱从百步街旋滚而下，直至山趾④，浴雪而立。余坐一小羊头车⑤，拖冰凌⑥而归。

①天启六年：即1626年。

②觥：音 gōng，酒杯。

③磔磔：笑声。

④山趾：亦作"山址"，山脚。

⑤羊头车：一种独轮小车。

⑥冰凌：水在0℃或低于0℃时凝结成的固体为冰，积冰成凌。

庞公池①

庞公池岁不得船，况夜船，况看月而船。自余读书山艇子，辄留小舟于池中，月夜，夜夜出，缘城至北海坂，往返可五里，盘旋其中。山后人家，闭门高卧，不见灯火，悄悄冥冥，意颇凄恻。余设凉簟②，卧舟中看月，小傒船头唱曲，醉梦相杂，声声渐远，月亦渐淡，嗒然③睡去。歌终忽寤④，含糊赞之，寻复鼾齁⑤。小傒亦呵欠歪斜，互相枕藉。舟子回船到岸，篙啄丁丁，促起就寝。此时胸中浩浩落落，并无芥蒂，一枕黑甜，高舂⑥始起，不晓世间何物谓之忧愁。

---

①庞公池：又名王公池西园，位于府山西麓，在今浙江绍兴城内。

②凉簟：凉竹席。簟，音diàn，竹席。

③嗒然：悄悄。

④寤：音wù，睡醒。

⑤鼾齁：音hān hōu，熟睡时打呼噜的声音。

⑥高舂：黄昏，傍晚。

品山堂鱼宕①

二十年前强半住众香国，日进城市，夜必出之。品山堂孤松箕踞②,岸帻③入水。池广三亩,莲花起岸,莲房以百以千,鲜磊可喜。新雨过,收叶上荷珠煮酒,香扑烈。

门外鱼宕,横亘三百余亩,多种菱芡。小菱如姜芽,辄采食之,嫩如莲实,香似建兰,无味可匹。深秋,橘奴饱霜,非个个红绽,不轻下剪。季冬观鱼,鱼艓千余艘,鳞次比栉,罱④者夹之,罛⑤者扣之,籍者罨⑥之,翼者撒之,罩者抑之,罣⑦者举之,水皆泥泛,浊如土浆。鱼入网者圄圄⑧,漏网者圉圉,寸鲵纤鳞,无不毕出。集舟分鱼,鱼税三百余斤,赤鱼白肚,满载而归。约吾昆弟,烹鲜剧饮,竟日方散。

---

①鱼宕:用以养鱼的池塘或浅水湖。

②箕踞:坐时两脚伸直岔开,形似簸箕。

③岸帻:推起头巾,露出前额。帻,音zé。

④罱:音lǎn,夹鱼工具。

⑤罛:大鱼网。

⑥罨:音yǎn,捕鱼或捕鸟的网。

⑦罣:音guà,同"挂"。

⑧圄圄:音yǔ,不舒展,不自在的样子。

松化石

松化石,大父异自潇江署中。石在江口神祠,土人①

割牲飨神，以毛血洒石上为恭敬，血渍毛氋②，几不见石。大父舁入署，亲自祓濯③，呼为"石丈"，有《松化石纪》。今弃阶下，载花缸，不称使。余嫌其轮囷④臃肿，失松理，不若董文简家苗错二松橛⑤，节理槎枒⑥，皮断犹附，视此更胜。大父石上磨崖，铭之曰："尔昔鬣而鼓兮，松也；尔今脱而骨兮，石也；尔形可使代兮，贞勿易也。尔视余笑兮，莫余逆也。"其见宝如此。

---

①土人：当地人。

②氋：毛发散乱的样子。

③祓濯：清除污垢。

④轮囷：不伸展、弯曲的样子。囷，音qūn。

⑤橛：音jué，小木桩。

⑥槎枒：错杂、参差不齐的样子。槎，音chá。

闰中秋

崇祯七年闰中秋，仿虎丘故事①，会各友于蕺山亭②。每友携斗酒、五簋、十蔬果、红毡一床，席地鳞次坐。缘山七十余床，衰童塌妓，无席无之。在席者七百余人，能歌者百余人，同声唱"澄湖万顷"，声如潮涌，山为雷动。诸酒徒轰饮，酒行如泉。夜深客饥，借戒珠寺斋僧大锅，煮饭饭客，长年③以大桶担饭不继。命小傒岕竹、楚烟于山亭演剧十余出，妙入情理，拥观者千人，无蚊虻声，四鼓④方散。月光泼地如水，人在月中，濯濯如新出浴。夜半，白云冉冉起脚下，前山俱失，香炉、鹅鼻、天柱诸峰，仅露髻尖⑤而已，米家山雪景仿佛见之。

---

①虎丘故事：指苏州人中秋夜在虎丘赏月的习俗。

②戴山亭：为旧时绍兴山阴会稽两县的状元亭，凡考中状元的人，将名字刻于亭柱。戴，音 jí。

③长年：长工。

④四鼓：四更。

⑤髻尖：山头。

愚公谷

无锡去县北五里为铭山。进桥，店在左岸，店精雅，卖泉酒、水坛、花缸、宜兴罐、风炉、盆盎①、泥人等货。愚公谷在惠山右，屋半倾圮，惟存木石。惠水②涓涓，由井之涧，由涧之溪，由溪之池、之厨、之湢③，以涤、以濯、以灌园、以沐浴、以净溺器，无不惠山泉者，故居园者福德与罪孽正等。

愚公先生交游遍天下，名公巨卿多就之，歌儿舞女、绮席华筵、诗文字画，无不虚往实归。名士清客至则留，留则款，款则饯，饯则赆④。以故愚公之用钱如水，天下人至今称之不少衰。愚公文人，其园亭实有思致文理者为之，礌⑤石为垣，编柴为户，堂不层不庑，树不配不行⑥。堂之南，高槐古朴，树皆合抱，茂叶繁柯，阴森满院。藕花一塘，隔岸数石，治而卧。土墙生苔，如山脚到涧边，不记在人间。园东逼墙一台，外瞰寺，老柳卧墙角而不让台，台遂不尽瞰，与他园花树。

---

① 盆盎：泛指较大的盛器。盎，音 àng。

② 惠水：惠山泉水。

③ 湢：音 bì，浴室。

④ 赆：赠送给别人的路费或礼物。

⑤ 礌：音 lěi，堆砌。

⑥ 行：行列。

定海水操

定海①演武场在招宝山海岸。水操用大战船、唬船、蒙冲、斗舰数千余艘，杂以鱼艓轻艖②，来往如织。舳舻③相隔，呼吸难通，以表语目，以鼓语耳，截击要遮，尺寸不爽④。健儿瞭望，猿蹲桅斗，哨见敌船，从斗上掷身腾空溺水，破浪冲涛，顷刻到岸，走报中军，又趵跃入水，轻如鱼凫⑤。水操尤奇在夜战，旌旗干橹皆挂一小镫，青布幂之，画角一声，万蜡齐举，火光映射，影又倍之。招宝山凭槛俯视，如烹斗煮星，釜汤正沸。火炮轰裂，如风雨晦冥中电光翕焱⑥，使人不敢正视。又如雷斧断崖石，下坠不测之渊，观者褫魄⑦。

---

①定海：即今浙江定海。

②鱼艓轻艓：轻便小船。

③舳舻：船头、船尾的合称。

④爽：差错。

⑤鱼凫：一种捕鱼的水鸟。凫，音 fú。

⑥焱：音，火焰，在这里指光芒四射。

⑦褫魄：惊慌失措的样子。褫，音 chǐ。

阿育王寺①舍利

阿育王寺，梵宇深静，阶前老松八九棵，森罗有古色。殿隔山门远，烟光树樾，摄入山门，望空视明，冰凉晶沁。右旋至方丈门外，有娑罗二株，高插霄汉。便殿供旃檀佛，中储一铜塔，铜色甚古，万历间慈圣皇太后所赐，藏舍利子塔也。舍利子常放光，琉璃五彩，百道迸裂，出塔缝中，岁三四见。凡人瞻礼舍利,随人因缘现诸色相。如墨墨②无所见者,是人必死。昔湛和尚至寺,亦不见舍利,而是年死。屡有验。

次早,日光初曙,僧导余礼佛,开铜塔,一紫檀佛龛③供一小塔,如笔筒,六角,非木非楮,非皮非漆,上下皲定,四围镂刻花楞梵字。舍利子悬塔顶,下垂摇摇不定,人透眼光入楞内,复视眼上视舍利,辨其形状。余初见三珠连络如牟尼④串,煜煜有光。余复下顶礼,求见形相,再视之,见一白衣观音小像,眉目分明,髻鬟⑤皆见。秦一生反复视之,讫无所见,一生遑遽,面发赤,出涕而去。一生果以是年八月死,奇验若此。

---

① 阿育王寺:在今浙江宁波鄞州区阿育王山。

② 墨墨:昏暗、看不清的样子。

③ 佛龛:供奉佛像、神位等的小阁子。龛,音kān。

④ 牟尼:即释迦牟尼,佛教的创始人。

⑤ 髻鬟:鬓毛、额发。

过剑门

南曲中,妓以串戏①为韵事,性命以之。杨元、杨能、顾眉生、李十、董白以戏名,属姚简叔期余观剧。傒僮下午唱《西楼》,夜则自串。傒僮为兴化大班,余旧伶马小卿、陆子云在焉,加意唱七出戏,至更定,曲中②大咤异。杨元走鬼房③问小卿曰:"今日戏,气色大异,何也?"小卿曰:"坐上坐者余主人。主人精赏鉴,延师课戏,童手指千,傒僮到其家谓'过剑门',焉敢草草!"杨元始来物色余。《西楼》不及完,串《教子》。顾眉生:周羽;杨元:周娘子;杨能:周瑞隆。杨元胆怯肤栗,不能出声,眼眼相觑,渠④欲讨好不能,余欲献媚不得,持久之,伺便喝采一二,杨元始放胆,戏亦遂发。嗣后⑤曲中戏,必以余为导师,余不至,虽夜分不开台也。以余而长声价,以余长声价之人而后长余声价者,多有之。

---

①串戏:演戏。

②曲中:青楼、妓院。

③鬼房:演员化妆使用的房间。

④渠:其他。

⑤嗣后:以后,嗣,音 sì。

冰山记

魏珰①败,好事作传奇十数本,多失实,余为删改之,仍名《冰山》。城隍庙扬台,观者数万人,台址鳞比,挤至大门外。一人上,白曰:"某杨涟。"□□谇誂②曰:"杨涟!杨涟!"声达外,如潮涌,人人皆如之。杖范元白,逼死裕妃,怒气忿涌,嚛断嚛啧③。至颜佩韦击杀缇骑,噪呼跳蹴④,汹汹崩屋。沈青霞缚橐⑤人射相嵩⑥,以为笑乐,不是过也。

是秋,携之至兖,为大人寿。一日,宴守道刘半舫,半舫曰:"此剧已十得八九,惜不及内操菊宴、及逼灵犀与橐收数事耳。"余闻之,是夜席散,余填词,督小傒强记之。次日,至道署搬演,已增入七出,如半舫言。半舫大骇异,知余所构,遂诣大人,与余定交。

---

①魏珰:即明代宦官魏忠贤。

②谇誂:音 suì chá,小声传话。

③嚛啧:叫嚷,呼喊。

④蹴:音 cù,踢,踏。

⑤橐:音 tuó,口袋。

⑥嵩:即明代权臣严嵩。

卷八

龙山放灯

万历辛丑①年，父叔辈张灯龙山，刻②木为架者百，涂以丹雘③，幂以文锦，一灯三之。灯不专在架，亦不专在磴道，沿山袭谷，枝头树杪，无不灯者，自城隍庙门至蓬莱冈上下，亦无不灯者。山下望如星河倒注，浴浴熊熊，又如隋炀帝夜游，倾数斛萤火于山谷间，团结方开，倚草附木，迷迷不去者。好事者卖酒，缘出席地坐。山无不灯，灯无不席，席无不人，人无不歌唱鼓吹。男女看灯者，一入庙门，头不得顾，踵不得旋，只可随势，潮上潮下，不知去落何所，有听之而已。庙门悬禁条：禁车马，禁烟火，禁喧哗，禁豪家奴不得行辟人。父叔辈台于大松树下，亦席，亦声歌，每夜鼓吹笙簧与宴歌弦管，沉沉昧旦④。

十六夜，张分守宴织造太监于山巅星宿阁，傍晚至山下，见禁条，太监忙出舆笑曰："遵他，遵他，自咱们遵他起！"却随役，用二ㄗ角⑤扶掖上山。夜半，星宿阁火罢，宴亦遂罢。灯凡四夜，山上下糟丘肉林，日扫果核蔗滓及鱼肉骨蠡⑥蜕，堆砌成高阜，拾妇女鞋挂树上，如秋叶。

相传十五夜，灯残人静，当垆者正收盘核，有美妇六七人买酒，酒尽，有未开瓮者。买大罍一，可四斗许，出袖中瓜果，顷刻罄罍而去。疑是女人星，或曰酒星。又一事，有无赖子于城隍庙左借空楼数楹，以姣童实之，为帘子胡同。是夜，有美少年来狎某童，剪烛擗酒⑦，嫖亵非理，解襦,乃女子也,未曙即去,不知其地、其人,或是妖狐所化。

---

①辛丑:即明万历二十九年(1601)。

②剡:削。

③丹腰:红色涂料。

④磴:音dèng,石头台阶。

⑤丱角:儿童将头发束成两角的样子。

⑥沉沉昧旦:不觉间已到天亮。

⑦瀋酒:沉湎于酒;醉酒。瀋,音tì。

王月生

南京朱市妓,曲中羞与为伍,王月生出朱市,曲中上下三十年决无其比也。面色如建兰初开,楚楚文弱,纤趾一牙,如出水红菱,矜贵①寡言笑,女兄弟闲客,多方狡狯②,嘲弄哈侮,不能勾其一粲③。善楷书,画兰竹水仙。亦解吴歌,不易出口。南京勋戚大老力致之,亦不能竟一席。富商权胥得其主席半晌,先一日送书帕,非十金则五金,不敢亵订。与合卺④,非下聘一二月前,则终岁不得也。

好茶,善闵老子,虽大风雨、大宴会,必至老子家啜茶数壶始去。所交有当意者,亦期与老子家会。一日,老子邻居有大贾,集曲中妓十数人,群谇⑤嘻笑,环坐纵饮。月生立露台上,倚徙栏楯,视姪羞涩,群婢见之皆气夺,徙他室避之。月生寒淡如孤梅冷月,含冰傲霜,不喜与俗子交接,或时对面同坐,起若无睹者。

有公子狎之,同寝食者半月,不得其一言。一日口嗫嚅动,闲客惊喜,走报公子曰:"月生开言矣!"哄然以为祥瑞,急走伺之,面赪⑥,寻又止,公子力请再三,謇涩⑦出二字曰:"家去。"

―――――――――――――――

①矜贵:矜持,高贵。

②狡狯:玩笑,逗笑。

③粲:露齿而笑。

④合卺:古老的汉族婚礼仪式之一,即新婚夫妇在新房内共饮合欢酒。卺,音jǐn。

⑤谇:音suì,这里指嘻笑打闹。

⑥赪:红色。

⑦謇涩:害羞,不好意思。謇,音jiǎn。

张东谷好酒

余家自太仆公称豪饮,后竟失传,余父、余叔不能饮一蠡壳①,食糟茄,面即发赪,家常宴会,但留心烹饪,庖厨之精,遂甲江左。一簋②进,兄弟争啖之立尽,饱即自去，终席未尝举杯。有客在，不待客辞，亦即自去。

山人张东谷，酒徒也，每悒悒③不自得。一日起谓家君曰："尔兄弟奇矣！肉只是吃，不管好吃不好吃；酒只是不吃，不知会吃不会吃。"二语颇韵，有晋人风味。而近有伧父④载之《舌华录》，曰："张氏兄弟，赋性奇哉！肉不论美恶，只是吃；酒不论美恶，只是不吃。"字字板实，一去千里，世上真不少点金成铁手也。

东谷善滑稽，贫无立锥，与恶少讼⑤，指东谷为万金豪富，东谷忙忙走诉大父曰："绍兴人可恶，对半说谎，便说我是万金豪富。"大父常举以为笑。

---

①蠡壳：贝类的壳，这里指很小的酒杯。

②簋：音 guǐ，古代汉族用于盛放饭食的器皿。

③悒悒：音 yì yì，忧郁，愁闷。

④伧父：鄙贱之人。

⑤讼：音 sòng，争辩。

楼　船

家大人造楼，船之①；造船，楼之。故里中人谓船楼，谓楼船，颠倒之不置。是日落成，为七月十五，自大父以下，男女老稚靡不集焉。以木排数重搭台演戏，城中村落来观者,大小千余艘。午后飓风起,巨浪磅礴,大雨如注,楼船孤危,风逼之几覆,以木排为戚②索缆数千条,网网如织,风不能撼。少顷风定,完剧而散。越中舟如蠡壳,跼蹐③篷底④看山,如矮人观场,仅见鞋靸⑤而已,升高视明,颇为山水吐气。

①船之:造成船的形状。

②戚:木船上用来系缆绳的木桩。

③跼蹐:音 jú jí,谨慎小心的样子。

④篷底:指船舱。

⑤鞋靸:拖鞋。

阮圆海戏

阮圆海家优讲关目,讲情理,讲筋节,与他班孟浪①不同。然其所打院本②,又皆主人自制,笔笔勾勒,苦心尽出,与他班卤莽者又不同。故所搬演,本本出色,脚脚出色,出出出色,句句出色,字字出色。

余在其家看《十错认》《摩尼珠》《燕子笺》三剧,其串架斗笋、插科打诨、意色眼目,主人细细与之讲明。知其义味,知其指归,故咬嚼吞吐,寻味不尽。至于《十错认》之龙灯、之紫姑,《摩尼珠》之走解、之猴戏,《燕子笺》

之飞燕、之舞象、之波斯进宝,纸札装束,无不尽情刻画,故其出色也愈甚。

阮圆海大有才华,恨居心勿静,其所编诸剧,骂世十七,解嘲十三,多诋毁东林,辩宥③魏党,为士君子所唾弃,故其传奇不之著焉。如就戏论,则亦镞镞④能新,不落窠臼⑤者也。

---

①孟浪:轻率、鲁莽。

②院本:这里指剧本。

③辩宥:辩护。

④镞镞:音 zú zú,挺拔的样子。语出刘义庆《世说新语·赏誉》:"文学镞镞,无能不新。"

⑤不落窠臼:比喻不为陈旧格式所束缚,具有独创性。窠,音 kē。

巚花阁

巚花阁在筠芝亭松峡下,层崖古木,高出林皋,秋有红叶。坡下支壑回涡,石碮①棱棱,与水相距。阁不槛、不牖②,地不楼、不台,意正不尽也。

五雪叔归自广陵,一肚皮园亭,于此小试。台之、亭之、廊之、栈道之,照面楼之侧,又堂之、阁之、梅花缠折旋之，未免伤板、伤实、伤排挤，意反跼蹐③，若石窟书砚。隔水看山、看阁、看石麓、看松峡上松，庐山面目④反于山外得之。五雪叔属余作对，余曰："身在襄阳袖石里，家来辋口扇图中。"言其小处。

---

①石砪：突出的石头。

②牖：窗户，这里做动词。

③跼蹐：狭窄局促的样子。

④庐山面目：比喻事物的真实面目。语出苏轼《题西林壁》诗："不识庐山真面目，只缘身在此山中。"

范与兰

范与兰七十有三，好琴，喜种兰及盆池小景。建兰三十余缸，大如簸箕。早舁而入，夜舁而出者，夏也；早舁而出，夜舁而入者，冬也；长年辛苦，不减农事。花时，香出里外，客至坐一时，香袭衣裾，三五日不散。余至花期至其家，坐卧不去，香气酷烈，逆鼻不敢嗅，第开口吞欲①之，如流瀣②焉。花谢，粪之满箕③，余不忍弃，与与兰谋曰："有面可煎，有蜜可浸，有火可焙，奈何不食之也？"与兰首肯余言。

与兰少年学琴于王明泉，能弹《汉宫秋》《山居吟》《水龙吟》三曲。后见王本吾琴，大称善，尽弃所学而学焉，半年学《石上流泉》一曲，生涩犹棘手。王本吾去，旋亦忘之，旧所学又锐意去之，不复能记忆，究竟终无一字，终日抚琴，但和弦而已。

所畜小景，有豆板黄杨④，枝干苍古奇妙，盆石称之。朱樵峰以二十金售之，不肯易，与兰珍爱，"小妾"呼之。余强借斋头⑤三月，枯其垂一干，余懊惜，急异归与兰。与兰惊惶无措，煮参汁浇灌，日夜摩之不置，一月后枯干复活。

---

①歃：音hè，吸，吞。

②流灌：流动的水汽。

③粪之满箕：满簸箕的落花像粪土一样抛弃。

④豆板黄杨：即杨黄杨木，一种常绿灌木。

⑤斋头：指书斋。

蟹 会

食品不加盐醋而五味全者，为蚶、为河蟹。河蟹至十月与稻粱俱肥，壳如盘大，坟起①，而紫螯巨如拳，小脚肉出，油油如蟆蜍②。掀其壳，膏腻堆积，如玉脂珀屑，团结不散，甘腴虽八珍不及。

一到十月，余与友人兄弟辈立蟹会，期于午后至，煮蟹食之，人六只，恐冷腥，迭番③煮之。从以肥腊鸭、牛乳酪。醉蚶④如琥珀，以鸭汁煮白菜如玉版。果瓜以谢橘、以风栗⑤、以风菱。饮以玉壶冰，蔬以兵坑笋，饭以新余杭白，漱以兰雪茶。由今思之，真如天厨仙供，酒醉饭饱，惭愧惭愧。

---

①坟起：突出。

②蟥蚁：蚯蚓。

③迭番：轮番、交替。

④蚶：音hān，软体动物，肉可食，味美。

⑤风栗：即板栗。

露　兄

崇祯癸酉①，有好事者开茶馆，泉实玉带，茶实兰雪，汤以旋煮，无老汤，器以时涤，无秽器，其火候、汤候，亦时有天合之者。余喜之，名其馆曰"露兄"，取米颠"茶甘露有兄"句也。为之作《斗茶檄》，曰：

"水淫②茶癖，爰有古风；瑞草雪芽，素称越绝。特以烹煮非法，向来葛灶生尘；更兼赏鉴无人，致使羽《经》积蠹。迩者择有胜地，复举汤盟，水符递自玉泉，茗战③争来兰雪。瓜子炒豆，何须瑞草桥边；橘柚查梨，出自仲山圃④内。八功德水，无过甘滑香洁清凉；七家常事，不管柴米油盐酱醋。一日何可少此，子猷竹庶可齐名；七碗吃不得了，卢仝⑤茶不算知味。一壶挥麈⑥，用畅清谈；半榻焚香，共期白醉汤⑦。"

---

①癸酉：即明崇祯六年（1633）。

②水淫：有洁癖的人。米带生性号洁，世号水淫。

③茗战：斗茶。

④圃：音pǔ，种植菜蔬、花草、瓜草的园子。

⑤卢仝（约795—835），号玉川子，济源（今河南济源）人，爱茶成癖，后人称之为茶仙。仝，音quán。

⑥挥麈：清谈、闲聊。

⑦白醉：酒醉。

闰元宵

崇祯庚辰①闰正月，与越中父老约重张五夜灯，余作张灯致语曰：

"两逢元正，岁成闰于摄提②之辰；再值孟陬③，天假人以闲暇之月。《春秋传》详记二百四十二年事，春王正月，孔子未得重书；开封府更放十七、十八两夜灯，乾德五年，宋祖犹烦钦赐。兹闰正月者，三生奇遇，何幸今日而当场；百岁难逢，须效古人而秉烛。况吾大越，蓬莱福地，宛委洞天。大江以东，民皆安堵；遵海而北，水不扬波。含哺嬉兮，共乐太平之世；重译至者④，皆言中国有圣人。千百国来朝，白雉⑤之陈无算；十三年于兹，黄耇⑥之说有征。乐圣衔杯，宜纵饮屠苏之酒；较书分火，应暂辍太乙之藜。前此元宵，竟因雪妒，天亦知点缀丰年；后来灯夕，欲与月期，人不可蹉跎胜事。六鳌山立，只说飞来东武，使鸡犬不惊；百兽室悬，毋曰下守海澨，唯鱼鳖是见。笙箫聒地⑦，竹椽出自柯亭；花草盈街，禊帖携来兰渚。士女潮涌，撼动蠡城；车马雷殷，唤醒龙屿。况时逢丰穰⑧，呼庚呼癸，一岁自兆重登；且科际辰年，为龙为光，两榜必征双首。莫轻此五夜之乐，眼望何时？试问那百年之人，躬逢几次？敢祈同志，勿负良宵。敬藉赫蹄，喧传口号。"

---

①庚辰：即明崇祯十三年（1640）。

②摄提："摄提格"、"摄提纪"的简称，古代曾用太岁在天宫的运转方向来纪年，太岁指向寅宫之年被称为摄提格。

③孟陬：农历正月。

④重译至者：指外国人。

⑤白雉：白色的野鸡。

⑥黄耇：年老长寿。耇，音 gǒu。

⑦聒地：声音动地。

⑧丰穰：丰满，肥沃。穰，音 ráng。

合采牌

余作文武牌①,以纸易骨,便于角斗,而燕客复刻一牌,集天下之斗虎、斗鹰、斗豹者,而多其色目,多其采,曰"合采牌"。余为之作叙曰:

"太史公曰:'凡编户之民,富相什则卑下之,伯②则畏惮之,千则役,万则仆,物之理也。'古人以钱之名不雅驯,缙绅③先生难道之,故易其名曰赋、曰禄、曰饷,天子千里外曰采。采者,采其美物以为贡,犹赋也。诸侯在天子之县内曰采,有地以处其子孙亦曰采,名不一,其实皆谷也,饭食之谓也。周封建多则采胜,秦无采则亡。采在下无以合之,则齐桓、晋文④起矣。列国有采而分析之,则主父偃之谋也。由是而亮采、服采,好官不过多得采耳。充类至义之尽,窃亦采也,盗亦采也,鹰虎豹由此其选也。然则奚为而不禁?曰:小役大,弱役强,斯二者,天也。《皋陶谟》⑤曰:'载采采',微哉、之哉、庶哉!"

---

①文武牌:一种绘有文臣武将的纸牌,供娱乐、赌博之用。

②伯:同"佰",百倍。

③缙绅:官宦的代称。

④齐桓、晋文:指春秋时期的齐桓公、晋文公。

⑤《皋陶谟》:是《尚书·虞书》中的一篇。皋陶,是舜帝的大臣,掌管刑法狱讼。谟,即"谋"。

瑞草溪亭

瑞草溪亭为龙山支麓,高与屋等。燕客相其下有奇石,身执虆畚①,为匠石先,发掘之。见土盖土,见石甃②石,去三丈许,始与基平,乃就其上建屋。屋今日成,明日拆,后日又成,再后日又拆,凡十七变而溪亭始出。盖此地无溪也而溪之,溪之不足,又潴③之、壑之,一日鸠工数千指,索性池之,索性阔一亩,索性深八尺。无水,挑水贮之,中留一石如案,回潴浮峦,颇亦有致。燕客以山石新开,意不苍古,乃用马粪涂之,使长苔藓,苔藓不得即出,又呼画工以石青、石绿皴④之。一日左右视,谓此石案,焉可无天目松数棵盘郁其上,遂以重价购天目松五六棵,凿石种之。石不受锤,石崩裂,不石不树,亦不复案。燕客怒,连夜凿成砚山形,缺一角,又盖一岩石补之。燕客性卞急⑤,种树不得大,移大树种之,移种而死,又寻大树补之。种不死不已,死亦种不已,以故树不得不死,然亦不得即死。溪亭比旧址低四丈,运土至东,多成高山,一亩之室,沧桑忽变。见其一室成,必多坐看之,至隔宿或即无有矣。故溪亭虽渺小,所费至巨万焉。

燕客看小说:"姚崇梦游地狱,至一大厂,炉鞴⑥千副,恶鬼数千,铸泻甚急,问之,曰:'为燕国公铸横财。'后至一处,炉灶冷落,疲鬼一二人鼓橐,奄奄无力,崇问之,曰：'此相公财库也。'崇瘖而叹曰：'燕公豪奢，殆天纵也。'"燕客喜其事，遂号"燕客"。

二叔业四五万，燕客缘手立尽。甲申，二叔客死淮安，燕客奔丧，所积薪俸及玩好币帛之类又二万许，燕客携归，甫⑦三月又辄尽，时人比之鱼宏四尽焉。

溪亭住宅，一头造，一头改，一头卖，翻山倒水无虚日。有夏耳金者，制灯剪彩为花，亦无虚日。人称耳金为"败落隋炀帝"，称燕客为"穷极秦始皇"，可发一粲。

---

①蔓臿：盛土、挖土的工具。

②礜：用石头砌物。

③潴：音zhū，水积聚。

④皴：音cūn，皱缩，打皱。

⑤卞急：急躁。卞，音biàn。

⑥炉鞴：火炉鼓风的皮囊。鞴，音bèi。

⑦甫：刚刚。

琅嬛福地①

陶庵梦有宿因，常梦至一石庵，峥窅岩岇②，前有急湍洄溪，水落如雪，松石奇古，杂以名花。梦坐其中，童子进茗果，积书满架，开卷视之，多蝌蚪鸟迹、辟历篆文，

丙寅七月早聰窩寫夢白

牵牛花

素罗笠顶碧罗檐,
脱却蓝裳著茜衫。
望见竹篱心独喜,
翩然飞上翠琼簪。

——(宋)杨万里

梦中读之，似能通其棘涩③。闲居无事，夜辄梦之，醒后忆思，欲得一胜地仿佛为之。郊外有一小山，石骨棱砺，上多筠篁④，偃伏园内。余欲造厂，堂东西向，前后轩之，后礌一石坪，植黄山松数棵，奇石峡之。堂前树娑罗二，资其清樾。左附虚室，坐对山麓，磴磴齿齿⑤，划裂如试剑，匾曰"一丘"。右踞厂阁三间，前临大沼，秋水明瑟，深柳读书，匾曰"一壑"。

缘山以北，精舍小房，绌屈蜿蜒，有古木，有层崖，有小涧，有幽篁，节节有致。山尽有佳穴，造生圹，俟⑥陶庵蜕焉，碑曰"呜呼陶庵张长公之圹"。圹左有空地亩许，架一草庵，供佛，供陶庵像，迎僧住之奉香火。大沼阔十亩许，沼外小河三四折，可纳舟入沼。河两崖皆高阜⑦，可植果木，以橘、以梅、以梨、以枣，枸菊围之。山顶可亭。山之西鄙，有腴田二十亩，可秫⑧可秔⑨。门临大河，小楼翼之，可看炉峰、敬亭诸山。楼下门之，匾曰"琅嬛福地"。缘河北走，有石桥，极古朴，上有灌木，可坐、可风、可月。

---

①琅嬛福地：传说中神仙居住的洞府。

②峥嵘岩岪：山石险峻，洞穴幽深。

③棘涩：犹艰涩。

④筠篁：丛生的林子、树林

⑤磴磴齿齿：排列整齐的样子。磴，音 dèng。

⑥俟:音sì,等待。

⑦高阜:高的土山。阜,音fù。

⑧秫:音shú,音梁,此处为动词。

⑨秔:音jīng,一种水稻,此处为动词。

附录：补遗四篇

鲁　王

福王南渡，鲁王播迁至越，以先父相鲁先王，幸旧臣第。岱接驾，无所考仪注，以意为之。踏脚四扇，氍毹①借之，高厅事尺，设御座，席七重，备山海之供。

鲁王至，冠翼善，玄色蟒袍，玉带，朱玉绶②，观者杂沓，前后左右用梯，用台，用凳，环立看之，几不能步，剩御前数武而已。传旨："勿辟人。"岱进，行君臣礼，献茶毕，安席，再行礼。不送杯箸③，示不敢为主也。趋侍坐，书堂官三人执银壶二，一斟酒，一折酒，一举杯，跪进上。膳一肉篚，一汤盏，盏上用银盖盖之，一面食，用三黄绢笼罩，三臧获捧盘加额，跪献之。书堂官捧进御前，汤点七进，队舞七回，鼓吹七次，存七奏意。

是日，演《卖油郎》传奇，内有泥马渡康王故事，与时事巧合，睿颜大喜。二鼓转席，临不二斋、梅花书屋，坐木犹龙，卧岱书榻，剧谈移时。出登席，设二席于御坐傍，命岱与陈洪绶侍饮，谐谑欢笑如平交。睿量宏，已进酒半斗矣，大犀觥一气尽，陈洪绶不胜饮，呕哕御座旁。寻设一小几，命洪绶书箑④，醉捉笔不起，止之。

剧完，饶戏十余出，起驾转席。后又进酒半斗，睿颜微酡，进辇，两书堂官掖之，不能步。岱送至闑⑤外，命书堂官再传旨曰："爷今日大喜，爷今日喜极！"君臣欢洽⑥，脱略至此，真属异数。

①氍毹：音 qú shū，一种织有花纹图案的毛毯。

②绶：音 shòu，一种丝质带子，古代用来拴在印纽上，后用来拴勋章。

③杯箸：亦称"杯筯"。杯与筷子，泛指食具。

④箑：音 shà，扇子。

⑤闾：音 lú，指里巷的大门，后指人聚居处。

⑥欢洽：愉快而和洽。

苏州白兔

崇祯戊寅①至苏州，见白兔，异之。及抵武林，金知县汝砺宦福建，携白兔二十余只归。己卯、庚辰，杭州遍城市皆白兔，越中生育至百、至千，此兽妖也。

余少时不识烟草为何物，十年之内，老壮童稚妇人女子无不吃烟，大街小巷，尽摆烟桌，此草妖也。

妇人不知何故，一年之内都着对襟②衫，戴昭君套③，此服妖也。

庚辰冬底，燕客家琴砖十余块，结冰花如牡丹、芍药花瓣，枝叶如绣，如绘，间有人物、鸟兽，奇形怪状，十余砖，底面皆满。燕客迎余看，至三日不消，此冰妖也。燕客误认为祥瑞，作《冰花赋》，檄友人作诗咏之。

①戊寅：即明崇祯十一年（1638）。

②襟：衣服的胸前部分。

③昭君套：古代妇人的头上饰物。相传为昭君出塞时所戴，故称昭君套。

草 妖

河北观察使袁茂林楷所记草妖尤异：崇祯七年七月初一，孟县民孙光显祖墓有野葡萄，草蔓延长丈许。今夏，枝桠间忽抽新条，有似美人者，似达官①者，有似龙、似凤、似麟、似龟、似雀、似鱼、似蝉、似蛇、似孔雀，有似鼠伏于枝者，有似鹦鹉栖于架者，架上有盏，盏中有粒，凤则苞羽具五彩，美人上下衣裳，裳白衣黄，面上依稀似粉黛，人间物象，种种具备。七月初八日，地方人始报闻，急使人取之，已为好事者撷②尽，止得美人一、鹦鹉一、凤一，故述此三物尤悉。

余谓此草木之妖。适晤史云岫③，言汉灵帝④中平元年，东郡有草如鸡、雀、蛇、龙、鸟兽之状。若然，则余所臆度⑤者更可杞忧⑥。此异宜上闻，县令以萎草不耐，恐取观不便，遂寝其事。特为记之如左。

①达官：显贵的官吏。

②撷：音xié，摘下，取下。

③云岫：云雾缭绕的峰峦。岫，音xiù。

④汉灵帝：刘宏（157—189），生于冀州河间国（今河北深州）。汉章帝刘炟的玄孙。

⑤臆度：音yì duó，主观推测。

⑥杞忧："杞人忧天"的略语，意为不必要的忧虑。

祁世培①

乙酉秋九月，余见时事日非，辞鲁国王，隐居剡中②，方磐石遣礼币，聘余出山，商确军务，檄县官上门敦促。余不得已，于丙戌正月十一日，道北山，逾唐园岭，宿平水韩店。

余适疽③发于背，痛楚呻吟，倚枕假寐。见青衣持一刺示余，曰："祈彪佳拜。"余惊起，见世培排闼入，白衣冠，余肃入，坐定。余梦中知其已死，曰："世培尽忠报国，为吾辈生色。"世培微笑，遽言曰："宗老此时不埋名屏迹，出山何为耶？"余曰："余欲辅鲁监国耳。"因言其如此如此，已有成算。世培笑曰："尔要做谁许尔做，且强尔出无他意，十日内有人勒尔助饷。"余曰："方磐石诚心邀余共事，应不我欺。"世培曰："尔自知之矣，天下事此已不可为矣。尔试观天象。"拉余起，下阶，西南望，见大小星堕落如雨，崩裂有声。世培曰:"天数如此,奈何!奈何!宗老,尔速还山,随尔高手,到后来只好下我这着。起,出门附耳曰:"完《石匮书》④。"洒然竟去。

余但闻犬声如豹,惊窹,汗浴背。门外犬吠嘷嘷,与梦中声接续。蹴⑤儿子起,语之。次日抵家,阅十日,镳儿被缚去,果有逼勒助饷之事。忠魂之笃,而灵也如此。

---

①祁世培:即作者张岱本人。

②剡中:指剡县一带。剡,音 shàn。

③疽:音 jū,一种毒疮。

④《石匮书》:张岱撰,二百二十卷。有本纪、志、世家、列传。

⑤蹴:踢。

伍跋

右《陶庵梦忆》八卷，明张岱撰。按，岱字宗子，山阴人。考邵廷采《思复堂集·明遗民传》，称其尝辑明一代遗事为《石匮藏书》，谷应泰作《纪事本末》，以五百金购请，慨然予之。又称明季裨史，罕见全书，惟谈迁《编年》、《张岱列传》具有本末。应泰并采之以成《纪事》，则《明史纪事本末》固多得自宗子《石匮藏书》暨《列传》也。阮文达《国朝文苑传稿》略同。

是编刻于秀水金忠淳《研云甲编》，殆非足本。序不知何人所作，略具生平而亦作一卷，岂即忠淳笔欤？乾隆甲寅，仁和王文诰谓从王竹坡、姚春漪得传钞足本，实八卷，刻焉。顾每条俱缀"纯生氏曰"云云，"纯生"殆文诰字也。又每卷直题文诰编，恐无此体。兹概从芟薙①，特重刻焉。

昔孟元老撰《梦华录》，吴自牧撰《梦粱录》，均于地老天荒沧桑而后，不胜身世之感，兹编②实与之同。虽间涉游戏三昧，而奇情壮采，议论风生，笔墨横恣，几令读者心目俱眩，亦异才也！考《明诗综》沈邃伯敬礼《南都奉先殿纪事》诗"高后配在天，御幄神所栖。众妃位东序，一妃独在西。成祖重所生,嫔德莫敢齐"云云。《静志居诗话》"长陵每自称曰:朕高皇后第四子也。然奉先庙制:高后南向,诸妃尽东列,西序惟碽妃一人。盖高后从未怀妊,岂惟长陵,即懿文太子亦非后生也?世疑此事不实,诵沈诗斯明征矣"云云。兹编"钟山"一条即纪其事,殆可补史乘之缺。又,王贻上《分甘余话》③"柳敬亭善说平话,流寓江南,一二名卿遗老左袒良玉者④,赋诗张之,且为作传。余曾识于金陵,试其技与市井之辈无异"云云。而是编"柳敬亭说书"一条,称其"疾徐轻重,吞吐抑扬,入情入理",亦见其持论之平也。

咸丰壬子展重阳日,南海伍崇曜谨跋。

---

①芟薙:音shān tì,删除。

②兹编:此书,指《陶庵梦忆》。

③王贻上:即王士禛(1634—1711),字子真,一字贻上等,号渔洋先生,清初著名诗人,著有《常经堂集》,《分甘余话》是其笔记。

④左袒:袒护。良玉:即左良玉(?—1645),明末将领,柳敬亭为其幕下宾客。

重刊陶庵梦忆跋

俞平伯

有梦而以真视之者，有真而以梦视之者。夫梦中之荣悴悲欢犹吾生平也，梦将非真欤？以往形相悉疾幻灭，抽刀断水水更流矣，起问日中中已久矣，则明明非梦而明明又是梦也。凡此人人所有，在乎说得出与否耳。谚曰："痴人说梦"，说梦良非雅致；然既是梦何妨说说，即使不说也未必便醒了。况同斯一梦，方以酣适自喜，不以寤觉相矜也。

明张宗子以五十载之豪华幻为一梦，写此区区八卷之书。自序言明"又是一番梦呓"，且谓"名心难化"，彼固未尝不知之，知之而仍言之，是省后世同梦者多也。

作者家亡国破，披发入山，"遥思往事，忆即书之，持向佛前，一一忏悔"，作书本旨如是而已。而今观之，奇姿壮采，于字里行间俯拾即是，华秾物态，每"练熟还生，以涩勒出之"，画匠文心两兼之矣。

其人更生长华膴，终篇"著一毫寒俭不得"。然彼虽放恣，而于针芥之微莫不低徊体玩，所谓"天上一夜好月与得火候一杯好茶,只可供一刻受用,其实珍惜之不尽也"。然则五十年瞥走之光阴里,彼真受用得此一刻了。梦缘可羡,而入梦之心殆亦不可及。

凡此心境,草草劳人如我辈者,都无一缘领略。重印此书,使梦中人多一机遇扩其心眼。痴人说梦,将有另一痴人倾耳听之,两毋相笑。于平居暇日,"偶拈一则,如游旧径,如见故人"。殆可不废乎?若当世名流目此为小道,或斥为牟利新径,则小之可"愚傧勿读,读亦勿卒",大之以功令杜其流传,喜得作者姓张,小生不姓张,亦无妨于"吾家"也。

此书校读得燕大沈君启无之助,更得岂明师为作序,两君皆好读《梦忆》者。

一九二六年十二月

影梅庵忆语

[清]冒襄/著

李楠/校注

爱生于昵,昵则无所不饰,因为①饰著爱②,天下鲜有真可爱者矣。矧③内屋深屏,贮光阒彩④,止凭雕心镂质之文人描摹想像,麻姑⑤幻谱,神女浪传。近好事家,复假篆声诗⑥,侈谈奇合。遂使西施夷光、文君、洪度⑦,人人阁中有之,此亦闺秀之奇冤,而唻名⑧之恶习已。

亡妾董氏,原名白,字小宛,复字青莲。籍秦淮,徙吴门,在风尘虽有艳名,非其本色。倾盖⑨矢⑩从余,入吾门,智慧才识,种种始露。凡九年,上下内外大小,无忤⑪无间⑫,其佐余著书肥遁⑬,佐余妇精女红,亲操井臼,以及蒙难遘⑭疾,莫不履险如夷⑮,茹苦若饴⑯,合为一人。今忽死,余不知姬死而余死也。但见余妇茕茕粥粥⑰,视左右手罔措⑱也;上下内外大小之人,咸悲酸痛楚,以为不可复得也。传其慧心隐行,闻者叹者,莫不谓文人义士难与争俦⑲也。余业⑳为哀辞数千言哭之,格于㉑声韵不尽悉,复约略纪其概。每冥痛沉思姬之一生,与偕姬九年光景,一齐涌心塞眼,虽有吞鸟梦花㉒之心手,莫能追述。区区泪笔,枯涩黯削,不能自传其爱,何有于饰?矧姬之事㉓余,始终本末,不缘㉔狎昵㉕。余年已四十,须眉如戟,十五年前,眉公㉖先生谓余视锦半臂碧纱笼,一笑瞠若,岂至今复效轻薄子漫谱情艳,以欺地下?倘信余之深者,因余以知姬之果异,赐之鸿文丽藻,余得藉㉗手报姬,姬死无恨,余生无恨。

---

①缘:因为。

②缘饰著爱:意为出于粉饰的意图而描写所爱的人。

③矧:音shěn,况且。

④贮光阗彩:保留住光彩美好的事物。阗,音tián,充满、填塞。

⑤麻姑:道教中的神话人物。

⑥假篆声诗:意为借助文字的功用。

⑦西施夷光、文君、洪度:西施夷光,西施本名施夷光,越国美女,因居于越国诸暨苎萝东西二村中之西村,故被称为"西施"。文君,即卓文君,汉代才女,中国古代四大才女之一、蜀中四大才女之一。洪度,即薛涛,字洪度,一作宏度,唐代女诗人当时被誉为"蜀中四大才女"之一。

⑧啖名:意为贪慕名声的人。

⑨倾盖:本意指途中相遇,停车交谈,双方车盖往一起倾斜。此处指初次相识或相遇。

⑩矢:矢意,执意。

⑪忤:音wǔ,抵触,违逆。

⑫间:缝隙,隔阂。

⑬肥遁:隐退。

⑭遘：音gòu，遭遇。

⑮履险如夷：走在危险的地方如同走在平地一样。比喻在困境中毫不畏惧。

⑯茹苦若饴：为了从事某种工作，甘愿承受艰难、痛苦而不以为苦。

⑰罔措：比喻无所适从，不知所措。罔，音wǎng。

⑱茕茕粥粥：茕茕，忧思的样子。粥粥，柔弱无能的样子。

⑲争俦：并列，不相上下。

⑳业：已经。

㉑格于：碍于，鉴于。

㉒吞鸟梦花：喻文才出众。唐崔日知《冬日述怀奉呈兰台名贤》："终期吞鸟梦，振翼上云烟。"

㉓事：服侍，对待。

㉔缘：发生联系的机会。

㉕狎昵：指过分亲近而态度轻佻不庄重。

㉖眉公：即陈继儒（1558—1639），明代文学家、书画家。字仲醇，号眉公、麋公。华亭（今上海金山枫泾泖桥村）人。

㉗藉：同"借"。

己卯初夏，应试白门①，晤密之②，云："秦淮佳丽，近有双成，年甚绮，才色为一时之冠。"余访之，则以厌薄纷华，挈家去金阊。嗣③下第④，浪游吴门，屡访之半塘，时逗留洞庭不返。名与姬颉颃⑤者，有沙九畹、杨漪炤。余日游两生间，独咫尺不见姬。将归棹⑥，重往冀⑦一见。姬母秀且贤，劳⑧余曰："君数来矣，予女幸在舍，薄醉未醒。"

然稍停，复他出，从兔径⑨扶姬于曲栏与余晤。面晕浅春，绵眼流视。香姿玉色，神韵天然，懒漫不交一语。余惊爱之，惜其倦，遂别归，此良晤之始也。时姬年十六。庚辰夏，留滞影园，欲过访姬，客从吴门来，知姬去西子湖，兼往游黄山、白岳，遂不果行。辛巳早春，余省觐⑩去衡岳，由浙路往，过半塘讯姬，则仍滞黄山。许忠节公赴粤任，与余联舟行。偶一日，赴饮归，谓余曰："此中有陈姬某，擅梨园之胜，不可不见。"余佐⑪忠节治舟数往返，始得之。其人淡而韵，盈盈冉冉，衣椒茧，时背顾湘裙，真如孤鸾之在烟雾。是日演弋腔⑫《红梅》，以燕俗之剧，咿呀啁哳之调，乃出之陈姬身口，如云出岫，如珠在盘，令人欲仙欲死。漏下四鼓，风雨忽作，必欲驾小舟去，余牵衣订再晤，答云："光福梅花如冷云万顷，子越旦⑬偕我游否？"则有半月淹⑭也，余迫省觐，告以不敢迟留故，复云："南岳归棹，当迟⑮子于虎嶝·丛桂间。盖计其期，八月返也。"余别去，恰以观涛日奉母回。至西湖，因家君调已破之襄阳，心绪如焚。便讯陈姬，则已为窦霍豪家掠去，闻之惨然。

及抵闾门，水涩舟胶，去浒关十五里，皆充斥不可行。偶晤一友，语次有佳人难再得之叹，友云："子误矣！前以势劫去者，赝某也。某之匿处，去此甚迩，与子偕往。"至，果得见，又如芳兰之在幽谷也。相视而笑曰："子至矣，子非雨夜舟中订芳约者耶？感子殷勤，以凌遽⑯不获订再晤。今几入虎口得脱，重晤子，真天幸也。我居甚僻，复长斋,茗碗炉香,留子倾倒于明月桂影之下,且有所商。"余以老母在舟,缘江楚多梗,率健儿百余护行,皆住河干⑰,矍矍⑱欲返。甫黄昏而炮械震耳,击炮声如在余舟旁,亟⑲星驰回,则中贵⑳争持河道,与我兵斗。解之始去,自此余不复登岸。越旦,则姬淡妆至,求谒吾母太恭人,见后仍坚订过其家。乃㉑是晚,舟仍中梗,乘月一往,相见,卒然曰:"余此身脱樊笼㉒,欲择人事之,终身可托者,无出君右㉓。适见太恭人,如覆春云,如饮甘露,真得所天。子毋辞!"余笑曰:"天下无此易易事,且严亲在兵火,我归,当弃妻子以殉。两过子,皆路梗中无聊闲步耳。子言突至,余甚讶。即果尔㉔,亦塞耳坚谢,无㉕徒㉖误子。"复婉转云:"君倘不终弃,誓待君堂上画㉗锦旋㉘。"余答曰:"若尔,当与子约。"惊喜申嘱,语絮絮不悉㉙记,即席作八绝句付之。归历秋冬,奔驰万状。至壬午仲春,都门政府言路诸公,恤劳人之劳,怜独子之苦,驰量移之耗,先报余。时正在毘陵,闻音如石去心,因便过吴门慰陈姬。盖残冬屡趣㉚余,皆未及答。至则十日前复为窦霍门下客以势逼去。先吴门有眤之者,集千人哗劫之。势家复为大言挟诈㉛,又不惜数千金为贿,地方恐贻伊戚,劫出复纳入。余至怅惘无极,然以急严亲患难,负一女子无憾也。是晚抑郁,因与友觅舟去虎夜游。明日,遣人之襄阳,便解维㉜归里。舟过一桥,见小楼立水边,偶询游人:"此何处何人之居?"友以"双成馆"对。余三年积念,不禁狂喜，即停舟相访。友阻云："彼前亦为势家所惊，危病十有八日，母死，镝㉝户不见客。"余强之上，叩门至再三，始启户，灯火阒如㉞。宛转登楼，则药饵满几榻。姬沉吟询："何来？"余告以昔年曲栏醉晤人。姬忆，泪下曰："曩君屡过余，虽仅一见，余母恒背称君奇秀，为余惜不共君盘桓㉟。今三年矣，余母新死，见君忆母，言犹在耳。今从何处来？"便强起，揭帷帐审视余，且移灯留坐榻上。谭㊱有顷，余怜姬病，愿辞去。牵留之曰："我十有八日寝食俱废，沉沉若梦，惊魂不安，今一见君，便觉神怡气王㊲。"旋命其家具酒食，饮榻前，姬辄进酒。屡别屡留，不使去，余告之曰："明朝遣人去襄阳，告家君量移喜耗，若宿卿处，诘旦㊳不能报平安，俟发使行，宁少停半刻也。"姬曰："子诚殊异，不敢留。"遂别。

---

①白门：即南京。六朝皆建都建康（今南京市），其正南门宣阳门俗称白门，故以白门代称之。

②密之：即方以智（1611—1671），字密之，号曼公，又号鹿起、龙眠愚者等，安徽桐城（今安庆枞阳）人，明代著名哲学家、科学家。

③嗣：音 sì，随后，接着。

④下第：指科举不中。

⑤颉颃：本意指鸟上下翻飞，泛指不相上下，互相抗衡。引申为不相上下。

⑥归棹：亦作"归櫂"，指归舟，此处指乘船归去。

⑦冀：希望。

⑧劳：慰问，宽慰。

⑨兔径：比喻狭窄的路径。典出《逍遥游》："大象不游于兔径"。

⑩省觐：探望。

⑪佐：陪同。

⑫弋腔：即弋阳腔，明代中后期流行的戏曲声腔之一，与海盐腔、余姚腔、昆山腔并称"四大声腔"。

⑬越旦：古代时间概念，指明天，第二天。

⑭淹：滞留，久留。

⑮迟：接待，招待。

⑯凌遽：时间仓促，着急。

⑰河干：河边，河岸。

⑱矍矍：急切的样子。

⑲亟：同"急"。

⑳中贵：泛指皇帝宠爱的近臣。

㉑乃：居然，不料想。

㉒樊笼：关鸟兽的笼子。比喻受束缚而不自由的境地。

㉓无出君右：意为没有比您更好的人了。

㉔即果尔：即使果真是这样。

㉕无：同"毋"，不要。

㉖徒：白白。

㉗画：计划。

㉘锦旋：衣锦荣归。

㉙悉：全部。

㉚趣：同"趋"，去至拜访。

㉛挟诈：要挟诈骗。

㉜维：缆绳。

㉝镢：音jué，锁闭。

㉞阒如：寂静。阒，音qù。

㉟盘桓：逗留，勾留。

㊱谭：同"谈"。

㊲王：同"旺"。

㊳诘旦：到次日清晨。

越旦，楚使行，余亟欲还，友人及仆从咸云："姬昨仅一倚盖，拳切不可负①。"仍往言别，至则姬已妆成，凭楼凝睇，见余舟傍岸，便疾趋登舟。余具述即欲行，姬曰："我装已成，随路相送。"余却不得却，阻不忍阻，由浒关至梁溪、毘陵、阳羡、澄江，抵北固，越二十七日，凡二十七辞，姬惟坚以身从。登金山，誓江流曰："妾此身如江水东下，断不复返吴门！"余变色拒绝，告以期迫科试，年来以大人滞危疆②，家事委弃③，老母定省④俱违，今始归，经理一切。且姬吴门责逋⑤甚众，金陵落籍，亦费商量，仍归吴门。俟季夏应试，相约同赴金陵。秋试毕，第⑥与否，始暇及此，此时缠绵，两妨无益。姬仍踌躇不肯行，时五木⑦在几，一友戏云："卿果终如愿，当一掷得巧。"姬肃拜于船窗，祝毕，一掷得"全六"，时同舟称异。余谓果属天成，仓卒不减，反偾⑧乃事，不如暂去，徐图之。不得已，始掩面痛哭，失声而别。余虽怜姬，然得轻身归，如释重负。才抵海陵，旋就试。至六月抵家，荆人⑨对余云："姬令其父先已过江来云，姬返吴门，茹素不出，惟翘首听金陵偕行之约。"闻言心异，以十金遣其父去，曰："我已怜其意而许之，但令静俟毕场事后，无不可耳。"余感荆人相成相许之雅⑩，遂不践走使迎姬之约，竟赴金陵，俟场后报姬。

---

① 拳切不可负：意为拳拳之心可千万不能辜负。

② 危疆：危险不安全的地方。

③ 委弃：搁置不管。

④ 定省：子女向长辈问安。

⑤ 责逋：索取欠款。

⑥ 第：及第，考中。

⑦ 五木：古代樗蒲博戏用具。因为是木制的五子，故名五木。

⑧ 偾：音fèn，败坏。

⑨ 荆人：妻子古人称呼自己妻子，也有作"拙荆"。

⑩ 雅：雅意，别人对自己的情意。

　　金桂月二五之晨，余方出闱，姬猝到桃叶寓馆。盖望余耗不至,孤身挈一妪,买舟①自吴门。江行遇盗,舟匿芦苇中,柁损不可行,炊烟遂断三日。初八,抵三山门,又恐扰余首场文思,复迟二日始入。姬见余虽甚喜,细述别后百日茹素杜门与江行风波盗贼惊魂状,则声色俱凄,求归逾固②。时魏塘、云间、闽、豫诸同社,无不高③姬之识,悯姬之诚,咸为赋诗作画以坚之。场事竣④,余妄意必第,自谓此后当料理姬事,以报其志。讵十七日,忽传家君舟抵江干,盖不赴宝庆之调,自楚休致⑤矣。时已二载违养⑥,冒兵火生还,喜出望外,遂不及为姬商去留,竟从龙潭尾家君舟抵銮江。家君阅余文,谓余必第,复留之銮江候榜。姬从桃叶寓馆仍发舟追余,燕子矶阻风,复几罹不测,重盘桓銮江舟中七日。乃榜发,余中副车⑦,穷日夜力归里门。而姬痛哭相随不肯返,且细悉姬吴门诸事,非一手足力所能了。责逋⑧者见其远来,益多奢望,众口狺狺⑨。且严亲甫归,余复下第意阻⑩,万难即谐。舟抵郭外,朴巢⑪遂冷面铁心,与姬诀别。仍令姬返吴门,以厌⑫责逋者之意,而后事可为也。阳月过润州,谒房师郑公,时闽中刘大行,自都门来,与陈大将军及同盟刘刺史饮舟中。适奴子自姬处来,云:"姬归不脱去时衣,此时尚方空⑬在体,谓余不速往图之,彼甘冻死。"刘大行指余曰:"辟疆夙称风义,固如是负一女子耶?"余云:"黄衫押衙非君,虞仙客⑭所能自为。"刺史举杯奋袂曰:"若以千金资我出入,即于今日往!"陈大将军立贷数百金,大行以参数勖佐之。讵谓⑮刺史至吴门，不善调停，众哗决裂，逸去吴江。

①买舟：雇船。

②逾固：更加坚定。

③高：称赞。

④竣：完毕。

⑤责逋：要债，催租。

⑥休致：退休。

⑦违养：指父母或尊长去世。

⑧副车：清代称乡试的副榜贡生。

⑨狺狺：音yinyin，比喻议论中伤之声喧嚷。

⑩意阻：情绪低落沮丧。

⑪朴巢：即作者冒襄，字朴巢，此处为自称。

⑫厌：满足。

⑬方空：古时一种细而薄的方孔纱。

⑭君平仙客：君平，严遵，字君平，西汉蜀郡人，平生笃信老庄思想，隐居不仕，在成都以卜筮为生。仙客，古人对某些特异的人、动植物，如借称官职清贵或风神超逸之士。

⑮讵谓：岂料。

余复还里，不及讯。姬孤身维谷①，难以收拾。虞山宗伯②闻之，亲至半塘，纳姬舟中。上至荐绅，下及市井，纤悉大小，三日为之区画③立尽，索券盈尺。楼船张宴，与姬饯于虎㘭，旋买舟送至吾皋。至月之望薄暮，侍家君饮于拙存堂，忽传姬抵河干。接宗伯书，娓娓洒洒，始悉其状，且即驰书贵门生张祠部，立为落籍④吴门。后有细琐⑤，则周仪部终之，而南中则李总宪旧为礼垣者与力焉。⑥越十月，愿始毕。然往返葛藤，则万斛心血所灌注而成也。

杜茶村曰：是篇娓娓至数千言，浩浩荡荡。西起昆仑，东注溟渤，冲融窈窕⑦，异派分支，千态万状，姿媚横生。顿使《会真》⑧、《长恨》⑨等篇，黯然失色。非辟疆莫能为此文，非姬莫能当此作，真千秋大观矣！情语云乎哉⑩？

壬午清和晦日，姬送余至北固山下，坚欲从渡江归里。余辞之力，益哀切，不肯行。舟泊江边，时西先生毕今梁，寄余夏西洋布一端，薄如蝉纱，洁比雪艳，以退红⑪为里。为姬制轻衫，不减张丽华⑫桂宫霓裳也。偕登金山，时四五龙舟，冲波激盘而上，山中游人数千，尾余两人，指为神仙。绕山而行，凡我两人所止，则龙舟争赴，回环数匝不去。呼询之，则驾舟者，皆余去秋⑬制回官舫长年也。劳⑭以鹅酒，竟日返舟。舟中宣瓷大白盂，盛樱珠数斤共啖之，不辨其为樱为唇也。江山人物之盛，照映一时，至今谭者侈矣。

秦淮中秋日，四方同社诸友，感姬为余不辞盗贼风波之险，间关⑮相从，因置酒桃叶水阁。时在座为眉楼顾夫人、寒秀斋李夫人，皆与姬为至戚，美其属⑯余，咸来相庆。是日新演《燕子笺》⑰，曲尽情艳，至霍华离合处，姬泣下，顾、李亦泣下。一时才子佳人，楼台烟水，新声明月，俱足千古。至今思之，不啻游仙枕⑱上梦幻也。銮江汪汝为园亭极盛，而江上小园，尤收拾江山胜概。壬午鞠月之朔，汝为曾延⑲予及姬于江口梅花亭子上。长江白浪涌象，奔赴杯底，姬轰饮巨叵罗，觞政⑳明肃，一时在座诸妓皆颓唐溃逸。姬最温谨，是日豪情逸致，则余仅见。

---

①维谷：维，相当于"是"，这个的意思。谷，比喻困境。

②虞山宗伯：即钱谦益（1582—1664），字受之，号牧斋，晚号蒙叟、东涧老人，后人称之虞山先生。

③区画：处理计划，筹划安排。

④落籍：指官妓从良，从乐籍上除名。

⑤细琐：杂务、细碎的事。

⑥与力：从中帮助出力。

⑦冲融窈窕：意为既平实又深邃。

⑧《会真》：即《会真记》，又名《莺莺传》，唐代元稹作。

⑨《长恨》：即《长恨歌》，唐代白居易作。

⑩云乎哉：哪里仅仅是……呢。

⑪退红：指粉红色。

⑫张丽华（559—589）：南北朝陈后主（陈叔宝）的妃子。

⑬去秋：去年的秋天。

⑭劳：慰劳。

⑮间关：形容旅途的艰辛，崎岖、辗转。

⑯属：归附，嫁给。

⑰《燕子笺》：明代阮大铖的戏曲传奇。

⑱游仙枕：传说中具有神奇色彩的枕头。

⑲延：邀请。

⑳觞政：汉族民间饮酒时一种助兴取乐的游戏。

乙酉，余奉母及家眷，流寓①盐官。春，过半塘，则姬之旧寓，固宛然在也。姬有妹晓生，同沙九畹登舟过访，见姬为余如意珠②，而荆人贤淑，相视复如水乳，群美之，群妒之。同上虎邱，与余指点旧游，重理前事。吴门知姬者，咸称其俊识，得所归云。

鸳鸯湖上，烟雨楼高。逶迤而东，则竹亭园半在湖内，然环城四面，名园胜寺，夹浅渚层溪而潋滟者，皆湖也。游人一登烟雨楼，遂谓已尽其胜，不知浩瀚幽渺之致，正不在此。与姬曾为竟日游，又共追忆钱塘江下桐君岩濑、碧浪苍岩之胜。姬更云："新安山水之逸，在人枕灶间，尤足乐也。"

杜茶村曰：金山一点，屹当匹练③之中；胭粉六朝，香染金陵之地。楼名烟雨，湖宇鸳鸯，而二妙采真，披云撷秀，读之令人步步欲仙，宁但④两越天都，岚翠沾洒衣裙已也！

虞山宗伯送姬抵吾皋时，余侍家君饮于家园，仓卒不敢告严君。又侍饮至四鼓不得散，荆人不待余归，先为洁治别室，帏帐、灯火、器具、饮食，无一不顷刻具。酒⑤阑见姬，姬云："始至止，不知何故不见君，但见婢妇簇我登岸，心窃怀疑，且深恫骇。抵斯室，见无所不备，旁询之，始感叹主母之贤。而益快经岁之矢，相从不误也。"自此姬屏别室，却管弦，洗铅华⑥，精学女红，恒月馀不启户。耽寂享恬⑦，谓骤出万顷火云，得憩清凉界。回视五载风尘，如梦如狱。居数月，于女红无所不妍巧，锦绣工鲜，刺巾裙，如虮无痕，日可六幅。剪彩织字，缕金回文，各厌⑧其技，针神针绝，前无古人已。

姬在别室四月，荆人携之归。入门，吾母太恭人与荆人，见而爱异之，加以殊眷。幼姑长姊，尤珍重相视，谓其德性举止，迥非常人。而姬之侍左右，服劳承旨，较婢妇有加无已。烹茗剥果，必手进，开眉解意，爬背喻痒⑨。当大寒暑，折胶铄金⑩时，必拱立座隅；强之坐饮食，旋坐旋饮食，旋起执役，拱立如初。余每课⑪两儿，文不称意，加夏楚⑫，姬必督之改削成章，庄书⑬以进，至夜不懈。

越九年，与荆人无一言枘凿⑭。至于视众御下，慈让不遑，咸感其惠。余出入应酬之费，与荆人日用金错泉布，皆出姬手。姬不私⑮铢两，不爱积蓄，不制一宝粟钗钿。死能弥留，元旦次日，必欲求见老母，始瞑目。而一身之外，金珠红紫尽却之，不以殉，洵称异人。

杜茶村曰：断断是再来人，一毫不苟，一丝不挂，诚然而来，诚然而往。吾以比之董永织女，薛嵩红线⑯。

---

①流寓：在异乡日久而定居。

②如意珠：佛教用具，这里指爱不释手。

③匹练：形容流水、瀑布、光环等如一匹展开的白练或彩练。

④宁但：岂止。

⑤簇：簇拥。

⑥铅华：古代妇女的化妆品。

⑦耽寂享恬：意为喜欢沉静。

⑧厌：穷尽。

⑨爬背喻痒：比喻先意承志，善解人意。

⑩折胶铄金：形容十分炎热。

⑪课：教育、传授。

⑫夏楚：古代学校两种处罚越礼犯规者的用具，后泛指体罚学童的具。夏，音 jiǎ，同"槚"；楚，荆条。

⑬庄书：写得很工整。

⑭ 柄凿：方柄圆凿的略语。柄，榫头。凿，榫眼。方榫头，圆榫眼，二者合不到一起，比喻两不相容。

⑮ 私：私藏，吞没。

⑯ 薛嵩红线：典出唐传奇《红线传》，写薛嵩有一名叫红线的侍女，善弹阮咸琴。因其手纹隐起如红线，因以名之。她离开薛家时，冷朝阳曾赋诗相送。

余数年来，欲裒集四唐①诗，购全集、类②逸事、集众评，列人与年为次第，每集细加评选，广搜遗失，成一代大观。初、盛稍有次第，中、晚有名无集、有集不全，并名、集俱未见者甚夥。品汇六百家大略耳，即《纪事本末》千余家，名姓稍存，而诗不具。《全唐诗话》更觉寥寥。芝隅先生序《十二唐人》，称豫章大家，藏中、晚未刻集七百余种，孟津王师向余言："买灵宝许氏《全唐诗》数车满载，即曩流寓盐官胡孝辕职方，批阅唐人诗，刳剔③工费，需数千金。僻地无书可借，近复裹足牖④下，不能出游购之，以此经营搜索，殊费心力。然每得一帙，必细加丹黄⑤。他书有涉此集者，皆录首简，付姬收贮。至编年、论人，准之《唐书》。姬终日佐余稽查抄写，细心商订，永日终夜，相对忘言。阅诗无所不解，而又出慧解以解之。尤好熟读《楚辞》、少陵⑥、义山⑦、王建⑧、花蕊夫人⑨、王珪⑩三家宫词。等身之书，周回座右，午夜衾枕间，犹拥数十家唐诗而卧。今秘阁尘封，余不忍启，将来此志，谁克与终？

付之一叹而已。

犹忆前岁，余读《东汉》至陈仲举[11]、范、郭诸传，为之抚几。姬一一求解其始末，发不平之色，而妙出持平之议，堪作一则史论。

---

①四唐：指唐代初、盛、中、晚四个时期。

②类：编类，分类。

③剞劂：音jī jué，雕刻制版。

④牖：音yǒu，窗户。

⑤丹黄：旧时点校书籍用朱笔书写，遇误字，涂以雌黄，故称点校文字的丹砂和雌黄为丹黄。

⑥少陵：即杜甫（712—770），字子美，号少陵野老，湖北襄阳人。

⑦义山：即李商隐（813—858），字义山，号玉溪生，樊南生、河南沁阳人。

⑧王建：生卒年不详，字仲初，河南许昌人。

⑨花蕊夫人：五代十国时期女诗人。

⑩王珪（570—639）：字叔玠，山西祁县人。

⑪陈仲举、范、郭：陈仲举，即陈蕃（？—168），字仲举，汝南平舆人，东汉时期名臣。范，即范滂（137—169），字孟博，汝南征羌人，东汉官员。郭，即郭泰（128—169），字林宗，太原郡介休县人，东汉时期名士。

⑫抚几：凭几，拍几，表示感叹。

乙酉客盐官，尝向诸友借书读之，凡有奇僻①，命姬手抄。姬于事涉闺阁者，则另录一帙，归来与姬遍搜诸书，续成之，名曰《奁艳》。其书之瑰异精秘，凡古②人女子自顶至踵，以及服食器具、亭台歌舞、针神才藻，下及禽鱼鸟兽，即草木之无情者，稍涉有情，皆归香丽。今细字红笺，类分条析，俱在奁中。客春，顾夫人远向姬借阅此书，与龚奉常③极赞其妙，促绣梓④之。余即当忍痛为之校雠鸠工，以终姬志。

姬初入吾家，见董文敏为余书《月赋》，仿钟繇笔意者，酷爱临摹，嗣遍觅钟太傅诸帖学之。阅《戎辂表》称关帝君为贼将，遂废钟，学《曹娥碑》，日写数千字，不讹不落。余凡有选摘，立抄成帙，或史或诗，或遗事妙句，皆以姬为绀珠⑤。又尝代余书小楷扇，存戚友处，而荆人米盐琐细，以及内外出入，无不各登手记，毫发无遗。其细心专力，即我辈好学人鲜及也。

杜茶村曰：闺秀校书鉴赏，唐有薛涛⑥，宋有李易安⑦。涛风尘老丑，易安失身匪人，终为风雅之玷。宛君才藻精敏，益见芳贞，而真嗜殊好，本之天性，方之大家女史何愧！

---

①奇僻：新奇偏僻的典故。

②针神才藻：针神，缝纫妙手。才藻，才思文采。

③龚奉常：即龚鼎孳（1615—1673），字孝升，号芝麓，谥端毅，安徽合肥人，与吴伟业、钱谦益并称为"江左三大家"。

④梓：付梓印刷。

好事近·湖上雨晴时

湖上雨晴时，
秋水半篙初没。
朱槛俯窥寒鉴，
照衰颜华发。

醉中吹坠白纶巾，
溪风漾流月。
独棹小舟归去，
任烟波飘兀。

——（宋）苏轼

⑤绀珠：帮助记事用的珠子，绀：音gàn。

⑥薛涛：（约768—832），唐代女诗人，字洪度。

⑦李易安：李清照（1084—1155），号易安居士，齐州章丘人，宋代女词人，婉约词派代表。

姬于吴门曾学画未成，能作小丛寒树，笔墨楚楚。时于几砚上辄自图写，故于古今绘事，别有殊好。偶得长卷小轴，与笥中旧珍，时时展玩不置①。流离时宁委②衾具，而以书画捆载自随，末后尽裁装潢，独存纸绢，犹不得免焉，则书画之厄③，而姬之嗜好真且至矣。

姬能饮，自入吾门，见余量不胜蕉叶④，遂罢饮，每晚侍荆人数杯而已。而嗜茶与余同性，又同嗜片芥，每岁半塘顾子兼择最精者缄寄，具有片甲蝉翼⑤之异。文火⑥细烟，小鼎长泉，必手自吹涤。余每诵左思⑦《娇女诗》"吹嘘对鼎䥶"之句，姬为解颐。至沸乳看蟹目，鱼鳞传瓷㼚，月魂云魄，尤为精绝。每花前月下，静试对尝，碧沉香泛，真如木兰沾露，瑶草临波，备极卢陆⑧之致。东坡云："分无玉碗捧蛾眉。"余一生清福，九年占尽，九年折尽矣！

姬每与余静坐香阁，细品名香。宫香诸品淫，沉水香俗。俗人以沉香着火上，烟朴油腻，顷刻而灭，无论香之性情未出，即着怀袖，皆带焦腥。沉香有坚致而纹横者，谓之"横隔沉"，即四种沉香内，草沉横纹者是也，其香特妙。又有沉水结而未成，如小笠大菌，名"蓬莱"者，余多蓄之。每慢火隔砂，使不见烟，则阁中皆如风过伽楠⑨，露沃蔷薇，热磨琥珀，酒倾犀斝⑩之味，久蒸衾枕间，和以肌香，甜艳非常，梦魂俱适。外此则有真西洋香方，得之内府，迥非肆料⑪。丙戌客海陵，曾与姬手制百丸，诚闺中异品。然爇时亦以不见烟为佳，非姬细心秀致，不能领略到此。

黄熟出诸番，而真腊为上，皮坚者为黄熟桶气，佳而通黑者为夹栈黄熟，近南粤东莞茶园村土人种黄熟，如江南之艺茶，树矮枝繁，其香在根。自吴门剔人剔根切白，而香之松朽尽削，油尖铁面尽出。余与姬客半塘时，知金平叔最精于此，重价数购之，块者净润，长曲者如枝如虬，皆就其根之有结处，随纹缕出，黄云紫绣，半杂鹧鸪斑，可拭可玩。寒夜小室，玉帏四垂，毾㲪⑫重叠，烧二尺许绛蜡二三枝，设参差台几，错列，大小数宣炉，宿火常热，色如液金粟玉。细拨活灰一寸，灰上隔砂选香蒸之，历半夜，一香凝然，不焦不竭，郁勃⑬氤氲，纯是糖结。热香间有梅英⑭半舒，荷鹅梨蜜脾之气，静参鼻观。忆年来共恋此味此境，恒打晓钟，尚未着枕，与姬细想闺怨，有斜倚薰笼⑮，拨尽寒炉之苦，我两人如在蕊珠众香深处。今人与香气俱散矣！安得返魂一粒，起于幽房扃室中也？

一种生黄香，亦从枯胂朽痈中，取其脂凝脉结，嫩而未成者。余尝过三吴白下，遍收筐箱中，盖面⑯大块，与粤客自携者，甚有大根株尘封如土，皆留意觅得，携归与姬为晨夕清课⑰,督婢子手自剥落,或勔⑱许仅得数钱,盈掌者仅削一片,嵌空镂剔,纤悉不遗。无论焚蒸,即嗅之味如芳兰,盛之小盘,层曾中色殊香别,可弄可餐。曩幢以一二示粤友黎美周⑲,讶为何物,何从得如此精妙?即蔚宗传中恐未见耳。

又东莞以女儿香为绝品,盖土人拣香,皆用少女。女子先藏最佳大块,暗易油粉,好事者复从油粉担中易出。余曾得数块于汪友处,姬最珍之。

---

①不置:不停,不已。

②委:委弃,丢掉不要。

③则书画之厄:意为这也是书画的悲惨命运。

④蕉叶:古时一种小酒杯。

⑤片甲蝉翼:明代张谦德《茶经》上篇论茶:"蜀州之雀舌、鸟嘴、片甲、蝉翼,其名皆著。"此处比喻好茶。

⑥文火:微火,小火。

⑦左思:(约250—305),字太冲,齐国临淄(今山东淄博)人,西晋著名文学家。

⑧卢陆:卢仝与陆羽,两位都是唐代的茶叶鉴赏家。

⑨伽楠:伽楠香即沉香。

⑩斝:音 jiǎ,温酒的器具,通常青铜铸造。

⑪肆料:店里买到的材料。

⑫氍毹:音 tā dēng,带有花纹的细毛毯。

⑬郁勃：形容茂盛，旺盛的样子。

⑭梅英：梅花。

⑮薰笼：有笼覆盖的熏炉。

⑯盖面：能够遮住脸的大小。

⑰清课：原指佛教日修之课，后用以指清雅的功课。

⑱觔：音jīn，"斤"的异体字。

⑲黎美周：（1602—1646），名遂球，番禺板桥人，明清之际有名的节烈文人，书画家。

余家及园亭，凡有隙地皆植梅，春来早夜出入，皆烂漫香雪中。姬于含芷时，先相枝之横斜与几上军持①相受，或隔岁便芟翦②得宜，至花放恰采入供，即四时草花竹叶，无不经营绝慧，领略殊清，使冷韵幽香，恒霏微③于曲房斗室，至浓艳肥红，则非其所赏也。

秋来犹耽晚菊，即去秋病中，客贻我剪桃红，花繁而厚，叶碧如染，浓条婀娜，枝枝具云罨④风斜之态。姬扶病三月，犹半梳洗，见之甚爱。遂留榻右，每晚高烧翠蜡，以白团回六曲，围三面，设小座于花间，位置菊影，极其参横妙丽。始以身入，人在菊中，菊与人俱在影中。回视屏上，顾余曰："菊之意态尽矣，其如人瘦何？"至今思之，淡秀如画。

闺中蓄春兰九节及建兰，自春徂⑤秋，皆有三湘七泽之韵⑥，沐浴姬手，尤增芳香。《艺兰十二月歌》，皆以碧笺手录粘壁。去冬姬病，枯萎过半。楼下黄梅一株，每腊万花，可供三月插戴。去冬姬移居香俪园静摄，数百枝不生一蕊，惟听五鬣⑦涛声，增其凄响而已。

姬最爱月，每以身随升沉为去住。夏纳凉小苑，与幼儿诵唐人咏月及流萤、纨扇诗，半榻小几，恒屡移以领月之四面。午夜归阁，仍推窗延月于枕簟⑧间，月去复卷幔倚窗而望。语余曰："吾书谢希逸⑨《月赋》，古人厌晨欢，乐宵宴，盖夜之时逸，月之气静，碧海青天，霜缟冰净，较赤日红尘，迥隔仙凡。人生攘攘，至夜不休，或有月未出，已鼾睡者，桂华露影，无福消受。与子长历四序，娟秀浣洁，领略幽香，仙路禅关，于此静得矣。"

李长吉诗云："月漉漉，波烟玉。"姬每诵此三字，则反复回环，日月之精神气韵光景，尽于斯矣。人以身入波烟玉世界之下，眼如横波，气如湘烟，体如白玉，人如月矣。月复似人，是一是二，觉贾长江"倚影为三"之语尚赘，至"淫耽"、"无厌"、"化蟾"之句，则得玩月三昧矣。

杜茶村曰：绝域名香，重霄皓魄，奇花异茗，倚态争芬。自非真仙琼媛⑩，莫可得而领略，兼之天才丽质，把玩晨昏，玉臂云鬟，馥郁于琉璃世界中矣。

---

①军持：一种盛水器，又名军墀、君迟、群持、捃稚迦、净瓶等，为云游僧

人、伊斯兰教徒盛水洗手用具。

②芟翦:删减,删剪。芟,音shān。

③霏微:飘洒;飘溢。

④罨:音yǎn,捕鸟用的网,此处指网状样子。

⑤徂:音cú,往,到。

⑥三湘七泽:三湘用作湘北、湘西、湘南三地区的总称,泛指湖南全省。七泽,相传古时楚有七处沼泽,后以之泛称楚地诸湖泊。

⑦鬣:音liè,动物身上的鬃毛。

⑧簟:音diàn,竹席、凉席。

⑨谢希逸:即谢庄(421—466),字希逸,陈郡阳夏人,南朝宋大臣,文学家。

⑩真仙琼媛:此处指天上的仙人仙女。

姬性淡泊,于肥甘①一无嗜好,每饭以岕茶一小壶温淘,佐以水菜、香豉数茎粒,便足一餐。余饮食最少,而嗜香甜及海错②风薰之味,又不甚自食,每喜与宾客共赏之。姬知余意,竭其美洁,出佐盘盂,种种不可悉记,随手数则,可睹一斑已。

酿饴为露,和以盐梅,凡有色香花芷,皆于初放时采渍③之。经年香味、颜色不变,红鲜如摘,而花汁融液露中,入口喷鼻,奇香异艳,非复恒有④。最娇者为秋海棠露,海棠无香,此独露凝香发,又俗名"断肠草",以为不食,而味美独冠诸花。次则梅英、野蔷薇、玫瑰、丹桂、甘菊之属。至橙黄、橘红、佛手香橼,去白缕丝,色味更胜。酒后出数十种,五色浮动白瓷中,解酲消渴,金茎仙掌,难与争衡也。

取五月桃汁、西瓜汁,一穰一丝漉尽,以文火煎至七八分,始搅糖细炼。桃膏如大红琥珀,瓜膏可比金丝内糖,每酷暑,姬必手取其汁示洁,坐炉边静看火候成膏,不使焦枯,分浓淡为数种,此尤异色异味也。

制豉取色取气,先于取味,豆黄九晒九洗为度,颗瓣皆剥去衣膜,种种细料,瓜杏姜桂,以及酿豉之汁,极精洁以和之。豉熟擎出,粒粒可数,而香气酣色殊味,迥与常别。

红乳腐烘蒸各五六次,内肉既酥,然后削其肤,益之以味,数日而成者,绝胜建宁三年之蓄。他如冬春水盐诸菜,能使黄者如蜡,碧者如毡⑤蒲藕笋蕨、鲜花野菜、枸蒿蓉菊之类,无不采入食品,芳旨⑥盈席。

火肉久者无油,有松柏之味。风鱼久者如火肉,有麂⑦鹿之味。醉蛤如桃花,醉鲟骨如白玉,鲳如鲟鱼,虾松如龙须,烘兔酥雉⑧如饼饵,可以笼而食之。菌脯如鸡堫,腐汤如牛乳。细考之食谱,四方郇⑨厨中一种偶异,即加访求,而又以慧巧变化为之,莫不异妙。

杜茶村曰:一匕一脔,异香绝味,使人作五鳍八珍之想。

①肥甘：肥美的食品。

②海错：海错一词原指众多的海产品，后因称各种海味为海错。

③采渍：采摘以后浸泡。

④非复恒有：不经常有，偶尔才有，稀有。

⑤毳：同"绒"。

⑥芳旨：香美之味。

⑦麂：音jǐ，鹿的一种。

⑧雉：小鸡。

⑨郇：音huán，山西绛州。

　　甲申三月十九之变，余邑清和望后，始闻的耗①。邑之司命者甚懦，豺虎狰狞踞城内，声言焚劫，郡中又有兴平兵四溃之警。同里绅衿②大户，一时鸟兽骇散，咸去江南。余家集贤里，世恂让，家③君以不出门自固。阅数日，上下三十余家，仅我灶有炊烟耳。老母、荆人俱，暂避郭外，留姬侍余。姬肩内室，经纪衣物、书画、文券，各分精粗，散付诸仆婢，皆手书封识。群横日劫，杀人如草，而邻右人影落落如晨星，势难独立，只得觅小舟，奉两亲，挈家累，欲冲险从南江渡澄江北。一黑夜六十里，抵泛湖洲朱宅，江上已盗贼蜂起。先从间道④微服送家君从靖江行。夜半，家君向余曰："途行需碎金，无从办。"余向姬索之，姬出一布囊，自分许至钱许，每十两，可数百小块，皆小书轻重于其上，以便仓卒随手取用。家君见之，讶且叹，谓姬："何暇精细及此？"维⑤时诸费较平日溢十倍，尚不肯行，又迟一日，以百金雇十舟，以百余金募二百人护舟。甫行数里，潮落舟胶不得上。遥望江口，大盗数百人，踞六舟为犄角，守隘以俟，幸潮落，不能下逼我舟。朱宅遣有力人负浪踏水驰报⑥曰："后岸盗截归路，不可返。"护舟二百人中且多盗党，时十舟哄动，仆从呼号垂涕。余笑指江上众人曰："余三世百口咸在舟，自先祖及余，祖孙父子，六七十年来，居官居里，从无负心负人之事。若今日尽死盗手，葬鱼腹，是上无苍苍，下无茫茫⑦矣！潮忽早落，彼此舟停不相值，便是天相⑧。尔辈无恐，即舟中敌国，不能为我害也。"先夜拾行李登舟时，思大江连海，老母幼子，从未履此奇险，万一阻石，尤欲随路登岸，何从觅舆辆？三鼓时以二十金付沈姓人，求雇二舆三车、夫六人。沈与众咸诧异笑之，谓："明早一帆，未午便登彼岸，何故黑夜多此难寻无益之费？"倩⑨榜人募舆夫，观者绝倒。余必欲此二者，登舟始行，至斯时虽神气自若，然进退维谷，无从飞脱，因询："出江未远，果有别口登岸通泛湖洲者？"舟子曰："横去半里有小路六七里，竟通彼。"余急命鼓楫⑩至岸，所募舆车三事，恰受俯仰七人。余行李婢妇，尽弃舟中。顷刻抵朱宅，众始叹余之夜半必欲水陆兼备之为奇中也。大盗知余中遁，又朱宅联络数百人，为余护发行李人口，盗虽散去，而未厌其志，恃江上法网不到，且值无法之时，明集数百人，遣人谕余："以千金相致，否则竟围朱宅，四面举火。"余复笑答曰："盗愚甚，尔不能截我于中流，乃欲从平陆数百家中火攻之，安可得哉？"然泛湖洲人，名虽相卫，亦多不轨。余倾囊召阖庄人付之，令其夜设牲酒，齐心于庄外，备不虞。数百人饮酒分金，咸去他所，余即于是夜，一手扶老母，一手曳荆人，两儿又小，季甫生旬日，同其母付一信仆偕行，从庄后竹园箐中蹒跚出，维时更无能手援姬。余回顾姬曰："汝速蹴，则尾余后，迟不及矣！"姬一人颠连趋蹶⑪，仆行里许，始仍得昨所雇舆辆，星驰⑫至五鼓达城下，盗与朱宅之不轨者，未知余全家已去其地也。然身脱而行囊大半散矣，姬之珍爱尽失焉。姬返舍谓余："当大难时，首急老母，次急荆人、儿子、幼弟为是。彼即颠连不及，死深箐⑬中无憾也。"午节⑭返吾庐，衽金革与城内枭獍⑮为伍者十旬，至中秋始度江入南都。别姬五阅月，残腊⑯弃小草回，挈家随家君之督漕任，去江南，嗣寄居盐官。因叹姬明大义、达权变如此，读破万卷者有是哉？

---

①的耗：确信，确切的消息。

②绅衿：绅，绅士，有官职而退居在乡者；衿，青衿，生员所服，指生员。泛指地方上体面的人。

③恂让：小心谨慎，谦虚退让。

④间道：偏僻的小路。

⑤维：句首虚词，无实义。

⑥驰报：疾驰传报。

⑦上无苍苍，下无茫茫：比喻死后看不见天地。

⑧天相：上天保佑。

⑨倩：通"请"。

⑩鼓楫：划桨，划船。

⑪趋蹶：连滚带爬。

⑫星驰：形容速度很快。

⑬深箐：泛指树木丛生的山谷。

⑭午节：端午节的省称。

⑮枭獍：旧说枭为恶鸟，生而食母；獍为恶兽，生而食父。

⑯残腊：腊月的最后几天。

　　乙酉流寓盐官，五月复值崩陷，余骨肉不过八口，去夏江上之累，缘仆妇杂沓奔赴，动至百口，又以笨重行李，四塞舟车，故不能轻身去，且来窥睨。此番决计置生死于度外，扃户不他之。乃盐官城中，自相残杀，甚哄，两亲又不能安，复移郭外大白居。余独令姬率婢妇守寓，不发一人一物出城，以贻身累。即侍两亲，挈妻子流离，亦以子身往。乃事不如意，家人行李纷沓，违命而出。

　　大兵逼槜李，薙发①之令初下，人心益皇皇②。家君复先去惹山,内外莫知所措,余因与姬决:"此番溃散,不似家园,尚有左右之者,而孤身累重。与其临难舍子,不若先为之地③。我有年友,信义多才,以子托之,此后如复相见,当结平生欢,否则听子自裁,毋以我为念。"姬曰:"君言善!举室皆倚君为命,复命不自君出,君堂上膝下,有百倍重于我者,乃以我牵君之臆④,非徒无益,而又害之。我随君友去,苟可自全,誓当间关匍匐以待君回。脱⑤有不测,前与君纵观大海,狂澜万顷,是吾葬身处也!"方命之行,而两亲以余独割姬为憾,复携之去。自此百日,皆辗转深林僻路、茅屋渔艇,或月一徙,或日一徙,或一日数徙,饥寒风雨,苦不具述。卒于马鞍山遇大兵,杀掠奇惨,天幸得一小舟,八口飞渡,骨肉得全,而姬之惊悸瘁阁⑥,至矣尽矣!

秦溪蒙难之后,仅以俯仰八口免,维⑦时仆脾杀掠者几二十口,生平所蓄玩物及衣贝⑧,靡孑遗⑨矣。乱稍定,匍匐入城,告急于诸友,即獴被不办。夜假荫于方坦庵年伯,方亦窜迹⑩初回,仅得一毡,与三兄共裹卧耳房⑪。时当残秋,窗风四射。翌日,各乞斗米束薪于诸家,始暂迎二亲及家累返旧寓,余则感寒,痢疟沓⑫作矣。横白板扉为榻,去地尺许,积数破絮为卫,炉煨桑节,药缺攻补。且乱阻吴门,又传闻家难剧起,自重九后溃乱沉迷,迄冬至前僵死,一夜复苏,始得间关破舟,从骨林肉莽中,冒险渡江,犹不敢竟归家园。暂栖海陵,阅冬春百五十日,病方稍痊。

此百五十日，姬仅卷一破席，横陈榻旁，寒则拥抱，热则披拂，痛则抚摩。或枕其身，或卫其足，或欠伸起伏，为之左右翼，凡病足之所适，皆以身就之。鹿鹿[13]永夜，无形无声，皆存视听。汤药手口交进，下至粪秽，皆接以目鼻，细察色味，以为忧喜。日食粗粝[14]一餐，与篝页天稽首[15]外，惟跪立我前，温慰曲说[16]，以求我之破颜。余病失常性，时发暴怒，诟谇三至，色不少忤，越五月如一日。每见姬星靥[17]如蜡，弱骨如柴，吾母太恭人及荆妻怜之感之，愿代假一息。姬曰："竭我心力，以殉夫子。夫子生而余死犹生也；脱夫子不测，余留此身于兵燹[18]间，将安寄托？"更忆病剧时，长夜不寐，莽风飘瓦，盐官城中，日杀数十百人。夜半鬼声啾啸，来我破窗前，如蛮[19]如箭。举室饥寒之人皆辛苦躯睡，余背贴姬心而坐，姬以手固握余手，倾耳静听，凄激荒悚，欷歔流泪。姬谓余曰："我入君门整四岁，早夜见君所为，慷慨多风义，毫发几微[20]，不邻薄恶[21]，凡君受过之处，惟余知之谅之。敬君之心，实逾于爱君之身，鬼神赞叹畏避之身也。冥漠[22]有知，定加默祐[23]。但人生身当此境，奇恌异险，动静备历，苟非金石，鲜不销亡！异日幸生还，当与君敝屣万有[24]，逍遥物外，慎毋忘此际此语！"噫吁嘻！余何以报姬于生死哉？姬断断非人世凡女子也。

杜茶村曰：才子佳人，多生乱世，如王嫱、文姬、绿珠[25]，莫可缕数。姬生斯时宜矣！奔驰患难，终保玉颜无恙。首丘㉖绣闼，复得夫君五色彩毫，以垂不朽，孰谓其不幸欤？

---

①薙发：剃发，削发。

②皇皇：惶惶。

③地：谋划，计算。

④臆：想法。

⑤脱：假如。

⑥瘁瘏：音cuì tú，疲劳致病。

⑦维：句首发语词、无实义。

⑧衣贝：细软之物。

⑨孑遗：遭受兵灾等大变故多数人死亡后遗留下的少数人。

⑪窜迹：遁迹，隐迹。

⑫沓：迭，频繁。

⑬鹿鹿：碌碌忙碌的样子。

⑭粗粝：糙米，泛指粗劣的食物。

⑮稽首：磕头祷告上天。

⑯曲说：辗转、委婉地游说、劝说。

⑰星靥：明媚的酒窝。

⑱兵燹：指因战乱而遭受焚烧破坏的灾祸。燹，音xian。

⑲蛩：音qióng，蝗虫蟋蟀。

⑳几微：细微，细小。

㉑薄恶：风俗等浇薄，不淳厚。

㉒冥漠：指阴间。

㉓默祐：暗中保佑。

㉔万有：万物。

㉕王嫱、文姬、绿珠：王嫱，即王昭君，名嫱，字昭君，中国古代四大美女之一。文姬，即蔡琰，字文姬，东汉大文学家蔡邕的女儿。绿珠，西晋石崇的宠妾，中国古代美女之一。

㉖首丘：指代故乡，有时也比喻归葬故乡。

丁亥谼口砾金，太行千盘，横起人面，余胸坟五岳，长夏郁蟠，惟早夜焚二纸告关帝君。久抱奇疾，血下数斗，肠胃中积如石之块以千计。骤寒骤热，片时数千语，皆首尾无端，或数昼夜不知醒。医者妄投以补，病益笃，勺水不入口者二十余日，此番莫不谓其必死，余心则炯炯然，盖余之病不从境入也。姬当大火铄金时，不挥汗，不驱蚊，昼夜坐药炉旁，密伺余于枕边足畔六十昼夜，凡我意之所及与意之所未及，咸先后之。己丑秋，疽发于背，复如是百日。余五年危疾者三，而所逢者皆死疾，惟余以不死待之，微①姬力，恐未必能坚以不死也。今姬先我死，而永诀时惟虑以伊死增余病，又虑余病无伊以相侍也，姬之生死为余缠绵如此，痛哉痛哉！

杜茶村曰：此种精诚，格②天彻地，呕血剖心，能与龙、比③并忠，曾、闵④齐孝，万祀千秋，传之不朽。

余每岁元旦，必以一岁事卜一签于关帝君前。壬午名心甚剧，祷着签首第一字，得"忆"字，盖"忆昔兰房分半钗，如今忽把音信乖。痴心指望成连理，到底谁知事不谐？"余时占玩不解⑤，即占全词，亦非功名语。比遇姬，清和晦日，金山别去，姬茹素归，虔卜于虎牢关帝君前，愿以终身事余，正得此签。秋过秦淮，述以相告，恐有不谐之叹，余闻而讶之，谓与元旦签合。时友人在坐，曰："我当为尔二人合卜于西华门。"则仍此签也。姬愈疑惧，且虑余见此签中懈，忧形于面，乃后卒满其愿。"兰房半钗"、"痴心连理"，皆天然闺阁中语，到底不谐，则今日验矣。嗟乎！余有生之年，皆长相忆之年也。"忆"字之奇且验若此！

姬之衣饰，尽失于患难。归来澹足⑥，不置一物。戊子七夕，看天上流霞，忽欲以黄跳脱⑦摹之，命余书"乞巧"二字，无以属对，姬云："曩于黄山巨室，见覆祥云真宣炉，款式佳绝，请以'覆祥'对'乞巧'。"镌摹颇妙。越一岁，钏忽中断，复为之，恰七月也，余易书"比翼连理"。姬临终时，自顶至踵，不用一金珠纨绮，独留跳脱不去手，以余勤书故。《长生》私语，乃太真死后，凭洪都客述寄明皇者，当日何以率书，竟令《长恨》再谱也！

姬书法秀媚，学钟太傅⑧稍瘦，后又学《曹娥》。余每有丹黄，必对泓颖⑨，或静夜焚香，细细手录。《闺中诗史》成帙，皆遗迹也。小有吟咏，多不自存。客岁新春二月，即为余抄选《全唐五七言绝句》上下二卷，是日，偶读七岁女子"所嗟人异雁，不作一行归"之句，为之凄然下泪。至夜，和成八绝，哀声怨响，不堪卒读。余挑灯一见，大为不怿⑩，即夺之焚去，遂失其稿。伤哉！今岁恰以是日长逝也。

客春三月，欲重去盐官，访患难相恤诸友。至邗上，为同社所淹⑪。时余正四十，诸名流咸为赋诗，龚奉常独谱姬始末成数千言，《帝京篇》⑫、《连昌宫》⑬不足比拟。奉常云："子不自注，则余苦心不见。如'桃花瘦尽春醒面'七字，绾合己卯醉晤、壬午病晤两番光景，谁则知者？"余时应之，未即下笔。他如园次⑭之"自昔文人称孝子，果然名士悦倾城"、于皇⑮之"大妇同行小妇尾"、孝威⑯之"人在树间殊有意，妇来花下却能文"、心甫⑰之"珊瑚架笔香印屧，著富名山金屋尊"、仙期⑱之"锦瑟蛾眉随分老，芙蓉园上万花红。"、仲谋⑲之"君今四十能高举，羡尔鸿妻佐春杵"、吾邑徂徕先生"韬藏经济一巢朴，游戏莺花两阁和"、元旦之"蛾眉问难佐书帏"，皆为余庆得姬，讵谓我侑卮之辞，乃姬誓墓之状耶？读余此杂述，当知诸公之诗之妙，而去春不注奉常诗，盖迟至今日，当以血泪和糜翩也。

三月之梢，余复移寓友沂友云轩。久客卧雨，怀家正剧。晚霁，龚奉常偕于皇、园次过慰留饮，听小奚管弦度曲，时余归思更切，因限韵各作诗四首。不知何故，诗中咸有商音。三鼓别去，余甫着枕，便梦还家，举室皆见，独不见姬。急询荆人，不答。复遍觅之，但见开荆人背余下泪。余梦中大呼曰："岂死耶？"一恸而醒。姬每春必抱病，余深疑虑，旋归，则姬固无恙，因间述此相告。姬曰："甚异！前于是夜梦数人强余去，匿之，幸脱，其人猖猖不休也。"讵知梦真而诗谶，咸来先告哉？

杜茶村曰：名士名姬，精爽俱至，动与神孚，故其卜兆挥毫，宛然对语，顾造物何不少延其算[20]耶？惜哉！

———————————

①微：要不是。

②格：由于感动而传达到。

③龙、比：关龙逢、比干两位都是忠臣此处借代指忠臣。

④曾、闵：曾参、闵子骞两位都是孝子此处借代指孝子。

⑤占玩不解：占卜之后不理解所得到的命数。

⑥澹足：同"赡足"，供给充裕。

⑦跳脱：手镯。

⑧钟太傅：钟繇历史上最早的书法家之一。

⑨泓颖：陶泓，毛颖，此处指代笔砚。

⑩怿：不高兴。

⑪淹：淹没。

⑫帝京篇：即清代宋湘的《帝京赋》。

⑬连昌宫：即唐代元稹的《连昌宫词》。

⑭园次：吴绮，字园次，一字丰南，号绮园，又号听翁，江都(今江苏扬州)人，清代词人。

⑮于皇：即杜茶村。

⑯孝威：邓汉仪，字孝威，号旧山，别号旧山梅农、钵叟。明末吴县诸生。

⑰心甫：厉志，字心甫，号骇谷，又号白华山人，定海富都乡(今岱山县秀山乡)人，清代诗人、书画家。

⑱仙期：即姚佺，字仙期，一字山期，号辱庵，亦号口山贞逸，浙江秀水人，明末复社成员。

⑲仲谋：彭孙贻，字仲谋，浙江省海盐人，清代诗画家。

⑳算：寿算、寿命。